萬里行记

王能宪 著

文化藝術出版社
Culture and Art Publishing House

图书在版编目（CIP）数据

万里行记 / 王能宪著．-- 北京：文化艺术出版社，
2015.9
ISBN 978-7-5039-6040-6

Ⅰ．①万… Ⅱ．①王… Ⅲ．①随笔－作品集－中国－当代 Ⅳ．①I267.1

中国版本图书馆CIP数据核字(2015)第231902号

万里行记

著　　者　王能宪
封面题字　冯其庸
责任编辑　蔡宛若
装帧设计　李　鹏
出版发行　文化艺术出版社
地　　址　北京市东城区东四八条52号　100700
网　　址　www.whyscbs.com
电子信箱　whysbooks@263.net
电　　话　（010）84057666（总编室）84057667（办公室）
　　　　　（010）84057691—84057699（发行部）
传　　真　（010）84057660（总编室）84057670（办公室）
　　　　　（010）84057690（发行部）
经　　销　新华书店
印　　刷　北京荣宝燕泰印务有限公司
版　　次　2015年11月第1版
　　　　　2015年11月第1次印刷
开　　本　787毫米×1092毫米　1/16
印　　张　15.75
字　　数　150千字
书　　号　ISBN 978-7-5039-6040-6
定　　价　48.00元

自 序

古人云：读万卷书，行万里路。回顾自己一个甲子以来的人生历程，读万卷书或许尚有不足，行万里路则绰绰有余也。古人旅行，以徒步为主，舟车助之，日行百里，可谓神速。如今出行，乘上高铁、飞机，日行千里万里，不足为奇。今人行路的便捷与舒适，固不可与古人同日而语矣。

诚然，古人所谓“万卷”、“万里”并非确数，强调的是读书之多，见闻之广。拿今天的话说，就是书本知识与社会知识相结合、理论与实践相联系。光读死书，不了解社会，不深入实践，即使“万卷”在胸，何益之有？因此，古人强调“行万里路”，目的在于了解社会，认识社会，参与社会实践，推动社会发展，用自己所掌握的知识为社会进步做出应有的贡献。学以致用，知行合一，此之谓也。当然，行万里路，除了“实践”的一面，也还有“学习”的一面。知识除了书本上的，还有现实生活中的，所谓“处处留心皆学问”是也。一面行路，一面观察：山川风物，民情习俗，历史遗迹，社会百态……何尝不是一部大书！

我在大学、研究机构和文化部机关工作期间，几乎跑遍了国内的所有省市（自治区），也出访了十几个国家，确实学到了许多书本上学不到的东西。因职责所系，撰写了大量的调查报告、情况反映、工作意见和研究论文，等等。工作之余，忙里偷闲，也写写日记、杂感和游记之类，记录下自己“行万里路”的所见所闻和收获体会。

本书为出访国外所写的游记，也包括在台湾、香港和澳门等地所写的，还附录了几篇写人物的散文。这些大都曾在报刊发表过，现结集出版，题其名曰《万里行记》。事后在网上发现，有曹聚仁先生于20世纪50年代在香港撰述的同名书籍，实乃巧合，非掠人之美也。况且早已请冯其庸先生题签，不便改易他名。我的研究生刘璋、袁荷、杨若谷等帮助录入部分文档、整理图片，并校阅了全部书稿。文化艺术出版社的编辑也花费了不少心血，借此机会，向冯老及各位致以深深的谢忱！

王能宪

甲午（2014年）岁杪

目 录

首尔故宫——景福宫

在汉字文化圈国家中，受中国文化影响最深的似乎还是与中国地缘最近并且是领土相连的朝鲜、韩国和越南。韩国的首都首尔和越南的古都顺化都有一座与北京故宫密切相关的故宫，这就是深受中国文化影响的历史见证。

济州岛之美

韩国济州岛是著名的旅游胜地。凡是到过这里的人，无不为这里宜人的气候和优美的风光所陶醉。在我看来，济州岛之美体现在环境之美、山海之美、物产之美、人文之美。

日韩行

雨中岚山

自从岚山有了周恩来诗碑，这个春有樱花、秋有红叶的风景名胜，又被赋予了中日友好和纪念伟人周恩来的文化意义。

京都的寺庙

游览京都的寺庙，往往有时光倒流的感觉。那一座座金碧辉煌、檐牙勾结的寺庙掩映在古木参天的园林之中，巍峨而肃穆的宗教建筑与精美优雅的庭园融为一体，如果遇上雨天，烟雨朦胧中，听着晨钟暮鼓，仿佛走进了杜牧的诗意之中。

在日本友人家中做客

晚饭是堀诚的岳母做的，有煮青豆、炒丝瓜、烧牛肉、清蒸鱼等，我和他们全家人围坐一桌，吃得十分可口。我估计这不是地道的日本料理，而是有意按照我们中国人的口味做的。

2004年10月，作者率文化代表团访问韩国、日本，在东京合影

雨中岚山

在一个细雨霏霏的日子，我游览了风景如画的岚山，拜谒了仰慕已久的周恩来总理的《雨中岚山》诗碑。

雨中的岚山，显得格外妩媚。山中氤氲着雾气，黛绿的山峰若隐若现。大堰川的堰口翻腾着浪花，形成了一道白瀑。平时碧绿清澄可以鉴人的河水，泛出了绿豆青的浑色，略为上涨却依然平静地缓缓流淌。雨点打在河面上，画出一个个圆圈。

进入景区，迎面便是龟山公园。园内古松参天，花木扶疏，雨水把枝叶梳洗得青翠欲滴，空气清新而湿润。

虽说是雨天，这里却依然游人如织。我们沿着河边，穿过公园，直奔山坡上的周恩来诗碑。

诗碑坐落在半山腰的一个天然形成的平台上面。诗碑是由中日两国有识之士发起建造的，于1979年落成。整个诗碑是一块天然巨石，据说是京都地区的赭石色的“鞍马石”。正面镌刻着周恩来总理的《雨中岚山》全诗，背面有发起人名单。《雨中岚山》诗的碑文是由当时担任中日友协会长的廖承

● 周恩来总理诗碑

志书丹。诗碑落成时，邓颖超亲自到这里揭幕。

整个诗碑简朴而庄重，没有丝毫的雕琢与修饰，就像周总理平易而高尚的人格一样，赢得了人们的喜爱和敬仰。自从岚山有了周恩来诗碑，这个春有樱花、秋有红叶的风景名胜，又赋予了中日友好和纪念伟人周恩来的文化意义，因而就更加吸引了中日两国人民和各国游客慕名而至。

我站在诗碑前，面对雨中的岚山，不禁浮想联翩。

1917年，19岁的周恩来从南开学校毕业后，为了寻求救国救民的真理，满怀豪情写下了“大江歌罢掉头东”的著名诗句，东渡日本留学。

在日本，周恩来一面学习，一面了解日本社会，探寻振兴中华、民族进步的良方。当他在日本读到陈独秀主办的《新青年》杂志，思想引起强烈的震动，后来又接触到马克思主义，毅然中断留学，决心回国投入革命斗争。他曾在《留学日记》中以诗明志：“二十年华识真理，如今虽晚尚未迟。”

这首《雨中岚山》就写在周恩来回国之前的1919年4月5日，当时他年仅21岁。在樱花盛开的清明时节，诗人徜徉于岚山的林泉美景之中，触景生情，直抒胸臆。此诗颇有屈原“上下求索”的意气，抒发了青年周恩来报效祖国的抱负和追求光明的理想。

敬录全诗于次，与读者诸君共赏。

雨中岚山

雨中二次游岚山，
两岸苍松，
夹着几株樱。
到尽处，

• 周恩来总理诗碑（背面）

突见一山高，

流出泉水绿如许，

绕石照人。

潇潇雨，雾蒙浓，

一线阳光穿云出，

愈见娇妍。

人间的万象真理，

愈求愈模糊，

模糊中偶然见着一点光明，

真愈觉娇妍。

（写于2012年3月）

京都的寺庙

晚唐诗人杜牧的诗“南朝四百八十寺，多少楼台烟雨中”，如果用来形容京都的寺庙，那是十分贴切、一点也不夸张的。

游览京都的寺庙，往往有时光倒流的感觉。那一座座金碧辉煌、檐牙勾结的寺庙掩映在古木参天的园林之中，巍峨而肃穆的宗教建筑与精美优雅的庭园融为一体，如果遇上雨天，烟雨朦胧中，听着晨钟暮鼓，仿佛走进了杜牧的诗意之中。

京都是日本的古都。自公元794年从奈良迁都于

• 作者在东京与我驻日使馆工作人员合影

此，当时叫平安京，由桓武天皇模仿我国大唐长安城和洛阳城的格局而建成。大约公元11世纪到12世纪之间，平安京才开始叫京都。直到1868年迁都东京，前后达1000多年，这里一直是日本的首都和政治、经济、文化中心。

在这千余年的历史进程当中，京都留下了众多丰富的文化遗迹，仅列入世界文化遗产的就有17处之多。这些文化遗产除了二条城之外，几乎全都是寺庙，包括清水寺、金阁寺、银阁寺、天龙寺、龙安寺、延历寺、高山寺、仁和寺、西芳寺、东寺、醍醐寺、西本愿寺、上贺茂神社、下鸭神社、宇治上神社、平等院凤凰堂等。据说，京都至今保存的大小寺庙和神社有2000余处。

大家知道，日本的佛教是由中国传入的。自从日本遣唐使回国之后，将中国佛教各家论疏带回日本，逐渐形成了宗派林立的日本佛教。即使在今天，日本的寺庙也都有明确的师承和教派，其中大多数源自中国，少量为日本自创，当然在发展过程中也都逐渐形成了日本特色。以京都的寺庙为例，金阁寺、银阁寺、相国寺、建仁寺等为临济宗，本愿寺、太谷寺等为净土宗，延历寺为天台宗，高山寺为华严宗，兴圣宝林禅寺为曹洞宗，本能寺为法华宗，清水寺为法相宗，东寺为真言宗，妙法寺为日莲宗……

我于1995年和2004年前后两次到过京都，游历过的寺庙不过五六处，这里只写写印象最深的也是最有名的金阁寺和清水寺。

金阁寺

金阁寺的名声很大，是京都的代表性景观。它与二条城、清水寺、岚山并称为京都四大名胜，凡是到京都的没有不来这里一睹其风采的。

金阁寺的正式名称是“鹿苑寺”，原为室町时代幕府将军足利义满的山庄，后改为禅寺。整个寺院在湖光山色之中，风景绝佳。之所以“金阁寺”的名声大振而“鹿苑寺”的本名反而不显，其原因是湖中的一处舍利殿。这

• 金阁寺

是一栋阁楼式的建筑，外观并不高大，但整个建筑的外层包有金箔，金光闪闪，倒影于镜湖之中，旁有古松相衬，景色极其华丽，人们便给它起了个美丽的名字——金阁寺。

金阁寺共有三层，一层和二层是日式风格，三层为中式风格。一楼叫“法水院”，是平安时代的贵族建筑风格。二楼叫“潮音洞”，是镰仓时期的武士建筑风格，供奉着观音。三楼则为中国（唐朝）风格的“究竟顶”，是一座正方形的佛堂，供奉着三尊弥陀佛。寺顶有宝塔状的结构，顶端有只象征吉祥的金凤凰装饰。一座佛殿将中日不同时期的建筑风格完美地融合到一起，这大概也是受到推崇的原因之一吧。

金阁寺还有一个独特的地方，游客进园拿到的不是参观券不是门票，而是写有祝福话语的纸符。在院中的不动堂旁边，还有中文和韩文的神签可供占卜，这与国内一些寺庙和道观颇为相似。

• 清水寺山门

与金阁寺相对应的还有银阁寺。这里原来也是幕府将军足利义满的山庄，名为“东山殿”，与“北山殿”（即鹿苑寺）遥遥相对，完全仿照金阁寺而建，只不过外墙贴的是银箔而已，故称“银阁寺”。

清水寺

清水寺是京都最古老的寺院，建于公元798年，相传是唐僧在日本的第一个弟子慈恩大师创建。

清水寺依山而建，巨大的山门不知是何时修筑，很像上海世博会的中国馆。参观清水寺时，一路拾阶而上，凭栏远望，可将京都市的景物尽收眼底。

清水寺因寺中清水而得名。寺中有清泉可饮，泉水一分为三，分别代表

“长寿”、“健康”、“智慧”，被视为具有神奇力量。寺方备有取水的用具，取一截竹筒，装上一个手柄，与小时候在老家用过的竹制水瓢几乎一模一样。游客到此一定会舀来喝上一口，据说可预防疾病，消除灾厄。

整个寺院的占地面积达13万平方米，有近30栋木结构建筑物，有正殿、钟楼、三重塔、经堂、地主神社、成就园等。寺内最有名的建筑“清水舞台”，也是寺庙中心的本堂，修建于宽永三年（1633），现被定为日本国宝。该建筑建于离地50米高的绝壁之上，由139根大圆木支撑，这些木料高数十米，气势雄伟，结构巧妙，全部是卯榫相接，未用一颗钉子。这个殿前的大阳台宛如一个硕大的舞台，人们称之为“清水舞台”。日本有一句谚语说“从清水的舞台上跳下去”，用来形容下定决心、破釜沉舟做某件事情。

据说，因为这里环境优美，春有樱花，夏有瀑布，秋有红叶，冬有白雪，也成了跳崖自杀者的首选之地。

（原载《中华文化画报》2014年第12期）

在日本友人家中做客

井上一之和堀诚都是我在北大读博士的时候认识的日本朋友。那时，井上在早稻田大学文学部师从松浦友久先生攻读博士学位，松浦先生是日本著名的中国古典诗学研究学者，与我的导师袁行霈先生是老朋友，他推荐自己的学生到袁先生门下做短期进修，于是我和井上成了“同门”。不久，井上又介绍我认识了早稻田大学教育学部的副教授堀诚先生，他也在北大中文系做访问学者，从事中国古代小说的研究。

时间一晃十几年过去了，我们之间的友谊在不断加深。这两位日本朋友回国后至今一直与我保持联系，他们的研究成果都会给我寄赠，我的书出版也会送给他们。他们隔几年再到中国访学或参加学术会议，也一定会与我联系，或者他们到我家中做客，或者我到他们下榻的宾馆去看望老朋友，畅叙别情。

我这次到东京参加国际会议，约定与两位见面相聚。家住东京城区的井上在我抵达的当晚就来宾馆看我，并拉我到附近的酒馆喝酒。井上是研究陶渊明的，每次给我写信或寄赠贺年卡落款都署名“井上思渊”，并把自己的书房称作“思渊堂”。不知是否熏染了陶渊明的遗风，“有酒盈樽”，“期在必醉”。而我却不胜酒力，但老友见面也顾不得许多，记得那天晚上喝了不少，兴尽而返。

堀诚先生住在东京郊外的埼玉县所泽市，距东京城区有几十公里，我们约好某天下午，他来宾馆接我到他家里吃晚饭。

那天下午5点半，我刚开完会，堀诚准点来到宾馆。我们先乘坐地铁，再转公交车，花了一个多小时，然后再步行十几分钟，大约7点来钟到了他的家。我一路心想，他怎么不开车来呢，难道还没有自己的车。其实，他家的

• 与日本友人堀诚（右）、井上一之（左）合影

• 与日本友人伊藤芳子（右）等合影

车库里有车，但堀诚说他很少开，进城都是利用公共交通，这一方面是因为路远自己开车太累，另一方面也可以为环保和缓解城市交通压力作点贡献。

堀诚先生的家是一栋单家独院的小楼，上下两层，使用面积估计在300平方米以上。楼下主要是堀诚的天地，有一间很大的书房和他的工作室，还有客厅、餐厅和厨房等，楼上是卧室，两个孩子每人一间，另外还有一个专门供他们玩耍的房间，堆满了各种玩具。堀诚领着我参观房子，我一面羡慕一面心里不免纳闷：他年龄与我相仿，尽管从北大回国后第二年就晋升了教授，如今就住上了这么大的房子？我问，像他这样资历的大学教授都能住上这样的房子吗？他说，一般不大可能。他也是一年前才买下这个房子，而且是他父亲帮了很大的忙，差不多由三个三分之一凑成，即自己多年的积蓄、父亲的资助和贷款，一咬牙下了这个决心。

堀诚先生一家四口，我们在北大时早已相识。他妻子也是早稻田大学毕业的，生了孩子之后就相夫课子，不再工作了。当时带着一子一女两个孩子，在北大勺园伴夫君陪读。两个孩子上北大的幼儿园，堀诚研学之余请一位二胡演奏家教他学拉二胡，他妻子则师从著名书法家刘炳森学习书法，另

• 堀诚教授一家人

外似乎还学了弹琵琶，一家子在北京过得其乐融融。现在两个孩子长大了，都在念书，女儿初一，儿子小学五年级。他们的学习成绩都很优秀，身心健美阳光。这样的家庭环境，给予了孩子良好的教育成长条件。如今，堀诚夫人依然不工作，只在附近一个书法学校教点课（属民间性质，非正式工作），另外为一位盲人每周读两个小时的书，算是为社会尽一点义务。

说到堀诚夫人的书法，不能不令我刮目相看。以前堀诚来北京时，曾带来他夫人书法作品的照片给我看，就让我大吃一惊，这次看到“真迹”，真可以说是令我感到震撼了。从她在北京拜师习字算起，也不过十多年时间，书艺精进之神速，书风之老成，格调之高古，堪称深得“二王”之神韵。怪不得她成为书道（日本称书法为“书道”）之师，在书法学校教课了。堀诚的二胡也同样大有长进，饭前他给我拉了一曲《良宵》，拉得有板有眼，意韵悠长。我小时候在农村也有过一把自制的二胡，无师自通地拉过一阵子。回想当年堀诚在北大学二胡，我们还一起切磋过呢，后来有人送了他一把很好的二胡，因为日本的海关不允许蛇皮入关，在我家存放了好几年，供我兴起时一乐。

晚饭是堀诚的岳母做的，有煮青豆、炒丝瓜、烧牛肉、清蒸鱼等，我和他们全家人围坐一桌，吃得十分可口。我估计这不是地道的日本料理，而是有意按照我们中国人的口味做的。这不禁使我想起我在北大博士论文答辩的

• 访问日本产经省

当天，堀诚、井上等几位日本朋友在崇文门的首都大酒店请我吃日本菜为我祝贺的往事。在榻榻米上，一方小桌，杯盘碗盏不停地更换，寿司、刺身等各种料理五花八门，绝不如在堀诚家这顿晚饭适合我的口味。

最后，离开堀诚先生家在途中见到的一件小事，也值得一记。饭后，堀诚执意要送我回宾馆，我就与他们全家人告别，这时细心的堀诚夫人看了看表说，还可以再坐几分钟。几分钟后，我和堀诚步行到公交车站，我发现公交车站的电子站牌上赫然列着每个班次的时间。果然时间一到，巴士就徐徐进站了，我们上了车，坐稳之后，巴士再稍停片刻（约半分钟），便继续向下一站进发。以下各站，皆是如此。实际上，车上人很少，好几个站都没有人上车或下车，但到站后司机都会稍停片刻，绝不会因为没有人上下车就呼啸而过。我想，这样一是为了安全，二是为了等人，三是为了准点。由此可见，日本人的精细和时间观念，不能不令人感佩！

（写于2012年3月）

首尔故宫——景福宫

在汉字文化圈国家中，受中国文化影响最深的似乎还是与中国地缘最近并且是领土相连的朝鲜、韩国和越南。韩国的首都首尔和越南的古都顺化[1]都有一座与北京故宫（紫禁城）密切相关的故宫，这就是深受中国文化影响的历史见证。

首尔的故宫景福宫，得名于中国的《诗经》：“君子万年，介尔景福。”景福宫是朝鲜王朝（1392—1910）五大宫殿之首[2]，称为正宫；又因其位于首尔北面冠岳山下，也叫北阙。景福宫是朝鲜王朝的始祖——太祖李成桂（1392—1398在位）将原来高丽的首都迁移至此，始建于朝鲜洪武二十八年（1395）。朝鲜明宗嘉靖三十二年（1553）被大火焚毁，后又遭日军入侵，几度兴毁，直到高宗同治四年（1865）再次复建，延续至今已有500余年的历史。

• 庆会堂

景福宫是汉城规模最大、最古老的宫

① 汉城，2005年1月更名为首尔。关于越南顺化故宫，可参考本书第113页《顺化访古》一文。

② 首尔五大宫殿，包括景福宫、昌庆宫、昌德宫、德寿宫、庆熙宫。

• 代表团一行在景福宫合影

殿之一。整个宫殿占地面积近60公顷，有大小殿宇建筑300多栋，主要宫殿沿中轴线排开，总体格局呈正方形，南面是正门光化门，东面是建春门，西面是迎秋门，北面是神武门。宫内有勤政殿、思政殿、修政殿、康宁殿、庆成殿、交泰殿、千秋殿、慈庆殿、庆会楼、香远亭等殿阁，错落有致，气象万千。但是，由于朝鲜和中国有宗主国与藩属国的关系，所以即使景福宫的建造时间比北京紫禁城还要早十来年，许多宫殿的名称相同，甚至连使用的年号都与大明王朝保持一致（实为赐与），却不得使用龙、明黄等明朝皇家专用标识，不能超越紫禁城的规格，更看不到琉璃瓦的金碧辉煌。

勤政殿是景福宫最高大的建筑物，殿内中心位置是国王的御座，后方立有象征国王威严的日月五峰图屏风，这是国王举行即位大典和上朝听政的大殿。殿前方的广场是文武百官朝会的地方，地面铺有花岗岩，分三条道路。中间的道路稍高、稍宽，是国王走的路，两侧的稍低一些，是文武百官走的路。还有品阶石分列于广场两侧，官员品级的字迹至今清晰可见。勤政殿的作用和地位大体相当于北京紫禁城的太和殿，当然其规模与气势相比起来还是小巫见大巫了。而北京的中南海和香山也有两座同名的勤政殿，分别建于清代康熙和乾隆年间，都是当年皇帝在朝或驻跸处理政务的地方。中南海的勤政殿，新中国成立后还是毛泽东、周恩来等老一辈革命家接见、宴请外国首脑和著名人士的重要场所。无论是北京还是首尔，用“勤政”来命名宫殿，其用意是一致的。

思政殿位于勤政殿后边，为国王的办公地点，康宁殿则是国王的寝殿。慈庆殿和交泰殿分别是王太后和王妃的寝殿。慈庆殿里的十长生烟囱颇为有名，现被指定为珍贵文物。交泰殿是王妃私人生活空间，与北京故宫的交泰殿也许有相同之处，“交泰”取自《易经》，含“天地交合、康泰美满”之意。所不同者，连接这些后妃生活区域的道路，都是用细沙铺成，据说是为了防止刺客，因为沙子路走起来沙沙作响，容易被发现。这与日本京都的皇宫（御所）完全一样，不知二者之间有无师承借鉴关系。

使景福宫更添韵致的是建在水中央的庆会楼与香远亭。庆会楼位于勤政殿西北边，是国家每逢喜事时或迎接外交使节时举行宴会的地方。为两层楼阁，建于太宗永乐十年（1412）。楼阁造型被誉为韩国之最，方型池塘上耸立的石柱楼阁，看似巨大楼阁漂浮在水面之上，显得异常壮丽。香远亭是位于寝殿后面的后院，坐落于景福宫后苑莲池中央的小岛上，与庆会楼一样，系人工挖池筑岛后修建。其特点是与庆会楼相比更富女性的柔美，“香远亭”取意“香气远播”。特别是建造时充分保留了自然地形的特点，将人工建筑完全融入其中，可谓是韩国典型的宫内后院。与香远亭连接的木桥叫做“醉香桥”，意为“醉卧香里”，更增雅趣。香远亭西北边小泉“冽上真源”的泉水流入莲池。到了春天，宫苑内迎春花、杜鹃花等各种鲜花绽放，鸟语花香，夏天则荷花盛开，暗香浮动，令人美不胜收，心旷神怡。

（写于2013年10月）

济州岛之美

韩国济州岛是著名的旅游胜地。凡是到过这里的，无不为这里宜人的气候和优美的风光所陶醉。在我看来，济州岛之美，体现在以下这些方面。

环境之美

到了济州岛，给人的第一印象是空气清新、气候适宜、风光秀美、环境洁净。

我们是从首尔乘飞机到济州岛的，航班抵达的时间是夜里，从机场到下榻的宾馆还有一个多小时的车程。途中，还要翻越一座山，在山中居然遇上了一群梅花鹿，我们的大巴只好停下来。借助车灯，我看到梅花鹿在马路上悠闲地玩耍，司机轻按喇叭，它们才慢慢散开。没想到一上岛就给了我们这样的惊喜。导游说，他们经常遇到这些不速之客，并且告诉我们，这些鹿不是人工养殖的，完全是自然形态。由此可知这里的生态环境之好。

济州岛位于北纬36～33度之间，大体与我国江苏连云港的纬度差不多，由于是海洋性气候，这里却具有热带和亚热带气候的特征。济州岛年平均气温在16℃左右，夏季最高气温33.5℃，冬季最低气温1℃。温和湿润的气候和由火山活动形成的绮丽多彩的自然风光，使它赢得了“东方夏威夷”的美誉。特别是西南部的中文（地名）一带，湛蓝的大海，白色的沙滩，椰风海韵，蓝天白云，仿佛真的就置身于夏威夷群岛。因此，济州岛吸引着成千上万来自世界各地的游客。岛上的旅游设施也十分完善，许多星级宾馆颇为漂亮豪华。到处绿草如茵，鲜花盛开，枝叶扶疏，青翠欲滴。济州岛还享有“蜜月之岛”、

“浪漫之岛”的美称，许多韩国青年在这里度过他们浪漫的蜜月。一些电影和电视剧也选择这里作为外景地，如著名的电视连续剧《大长今》。

山海之美

济州岛是200万年前由火山喷发而形成的，地貌十分奇特。岛上到处是火山喷发时岩浆凝结而成的褐色火山岩，形状千奇百怪。在一些旅游点，常常能看到许多利用火山岩加工开发的纪念品，如小土地神，更多的是搓脚石，据说对保护皮肤有神奇的功效。

济州岛上分布着大小300多处火山口（当然都不是活火山），最有名的要数山君不离。这座火山口位于东南面的平地之上，直径达650米，深100余米，周长超过2公里。从空中观看这座火山口，就像一个巨型的体育场。由于地理条件特殊，火山口内生长着许多珍稀野生动植物。据说，这样的火山口

• 龙头岩

• 龙抬头

在世界上都极为罕见。

岛上最有名的火山岩是北部海边的龙头岩。龙头岩高10米、长30米，远远望去，“巨龙”昂首，活灵活现。到了跟前，只见海浪撞击着黑褐色的火山岩，飞溅起白色的浪花，龙头岩如同一条巨龙从大海中腾空而起。我们在这里拍了不少照片，龙头与浪花的画面十分壮美。从龙头岩向东约200米有一处龙池，据说是龙嬉游之地，池水清澈见底。

古人说：“仁者乐山，智者乐水。”实际上，山水是相辅相成、不可分离的。济州岛四面环海，碧波万顷；又有群山连绵，千岩万壑。登山望海，海阔天空；由海观山，气象万千。

物产之美

济州岛上有“三宝”之说，即这里浓厚的人情味、美丽的自然风光和独

• 济州岛风光

特的土特产品。当然，对“三宝”的解释有不同的说法，但物产丰富则是各种版本都会提到的，确实是这里的一大优势。

济州岛是韩国春天最早光临的地方，每到初春，这里便要举行油菜花节。观赏油菜花的最好去处是沙池岬地，金黄色的油菜花海，与红色的火山地貌、悠然吃草的马群、古老的灯塔及大海，组成一幅色彩斑斓的天然画卷。

温暖的气候和岛屿的地理特征，使这里具备了瓜果飘香、鱼肥水美的天然条件。最有名的济州特产是柑橘，酸甜的味道和饱满的果肉十分诱人。我们到这里的时候，正赶上柑橘成熟的季节，大片的橘林，枝头挂满了黄橙橙的橘子，吃过之后果然甘甜，回味无穷。还有含糖量高的汉拿蜂蜜，更是远近闻名。水产品中以高级鱼类鲷鱼最为有名，主要是冷冻或晾干后销售，做成汤或烤鱼食用，味道堪称一绝。用济州产的覆盆子、柑橘、五味子等制成的巧克力，口味独特，备受欢迎。

还有岛上的黑毛猪肉，味道鲜美，一上岛导游就给我们推荐，我们品尝过后，果然名不虚传。岛上的米饭也特别好吃，即使没菜也能吃上三碗，但不知道是不是当地的物产。

人文之美

朝鲜半岛历史上曾经长时间纳入中国的版图，或者是作为藩属国向中国纳贡称臣，因而深受中华文化影响。济州岛的一些文化传说也与中华文化有着极深的历史渊源，有的直接就来自中国的神话故事。例如“天帝渊”瀑布，据说就是玉皇大帝身边的七仙女下凡沐浴的地方。天帝渊，顾名思义就是“天帝之渊池”。这里是一处天然溪谷，形成飞流直下的三级瀑布，最高一处落差达22米。周围是茂密的森林，附近建有“临仙桥”和“天帝楼”等楼阁。临仙桥也叫“七仙女桥”，是一座现代建筑的彩虹拱桥，上面雕刻有七仙女的图案，全长128米，连接着天帝渊和中文观光园。每隔一年，即偶数年的5月，都要在这里举行“七仙女节”。

济州岛是个“神话之岛”。据说有三位仙人，他们遇到从东海碧浪国乘木舟而来的三位公主，她们带着牛马和五谷的种子。三位仙人和这三位公主结了婚，之后就建立村落，开始长期生活。济州岛著名的景点“三姓穴”，就是关于这个美好故事的历史遗迹。

济州岛又称“三无岛”，即是说岛上无小偷、无大门、无乞丐。可知这里民风淳朴，夜不闭户，路不拾遗。当然，这是古代生活的写照，但今天也同样秩序井然，治安良好。济州岛还有“三多”之说，即“石多、风多、女人多”。石多、风多，很好理解；“女人多”作何解释呢？据说从前岛上男

• 世界杯足球赛赛场

人出海捕鱼，遇上台风和异常天气，大多葬身鱼腹，所以往往女人多于男人。这些女人要替亡夫侍奉公婆、养育后代，十分勤劳能干，练就了一身养家糊口的本事。例如，她们可以在近海徒手捕捉鱼虾、海贝、鲍鱼，打捞海草，等等。岛上的“海女博物馆”，就是专门反映她们的生活和劳作的。

近年来，岛上又出现了一些新的人文景观。例如“爱之岛”上的性主题公园，还有世界杯足球场等。2002年，由韩国和日本联合申请的世界杯足球赛首次在亚洲举办，济州岛专门为这次比赛修建了一座足球场，如今已成为到济州岛必看的景点之一。这座被誉为最美丽的世界杯足球场，从这里可以眺望大海与汉拿山，据说球场是模仿济州岛的火山口而设计的，因而具有某种象征意义。

（原载《中华文化画报》2014年第11期）

悉尼的中国城

我常常想，海外炎黄子孙在世界各地与不同国家、不同民族和睦相处，共建家园，他们在异国他乡生存发展，自强不息，所赖者何？在这里我找到了答案。

悉尼歌剧院考察散记

悉尼歌剧院有一个极富诗意的名字——海中歌剧院。它占据着悉尼海湾一个面积为4.5公顷的半岛『斑尼郎岛』，三面都是蔚蓝色波光粼粼的海洋。远远望去，那造型独特的乳白色贝壳形状的屋顶，宛如百帆竞发，令人遐想不已。

澳洲行

澳大利亚的土著文化

尽管澳大利亚土著民族人口数量不多，生活方式落后，特别是近200多年来遭受白人的种族歧视，但是澳大利亚土著民族同世界上许多地方的土著民族一样，在漫长的历史进程中，也创造了多姿多彩、风格独特的土著文化。

浓缩的历史 生动的课堂

布里斯班博物馆最吸引人的还要算自然部分。这里收集了澳洲各种珍稀动物的标本，以及五颜六色、千姿百态的海洋生物。标本制作得栩栩如生，有的还配以动物生长的环境，给人以身临其境之感。

悉尼大学印象

创建于1850年的悉尼大学，位于悉尼市的西南郊，校园的范围不仅很大，而且十分漂亮，简直就是一个大公园，与我的母校北京大学颇有相似之处。

• 1995年6月，作者在布里斯班格里菲斯大学文化政策国际会议上演讲（右为翻译）

澳大利亚的土著文化

1995年6月赴澳大利亚东部城市布里斯班，参加由格里菲斯大学文化政策学院主办的文化政策国际会议，对澳大利亚的土著文化和土著文化政策有了一些初步印象。

会议安排了一项重要议程，由澳大利亚土著委员会（ATSIC）主席路易丝·奥多诺戈女士宣布了澳大利亚土著文化政策，随后邀请与会代表观赏土著艺术表演。表演是在一个美丽的植物园的草坪上举行的，与会代表可以一面欣赏土著艺术，一面随意与土著艺术家们直接交流。在会议的闭幕式上，大会的组织者还邀请了澳大利亚全国土著文化研究所的代表发言，介绍澳大利亚土著文化的现状和问题，并通过了一个关于土著文化的议案。另外，我们还参观了布里斯班博物馆，其中展示了大量澳大利亚土著的历史遗迹和丰富多彩的土著艺术。通过这些活动，使我对澳大利亚的土著文化及其政策有了以下认识。

一、土著文化是澳大利亚文化的重要组成部分

众所周知，澳大利亚是18世纪末叶英国向那里流放罪犯之后才逐步发展起来的。当英国人进入这块所谓澳洲新大陆的时候，这里的土著人亦称澳大利亚人，已经在这里繁衍生息了不知道多少个世纪和年代，当时的土著人约有30万，大小500多个部落，各有自己的语言，但没有文字。他们从事采集、渔猎，使用石、骨和木制器具，保持着原始氏族公社、部落集团和老人掌权等制度。英人进入后的200多年来，土著民族遭受殖民者的压迫和屠杀，人口越

• 土著少女在布里斯班植物园表演草裙舞

• 土著艺术家演奏土著乐器

来越少，据1966年的人口普查，具有50%或更多的土著民族血统的居民，仅有80207人。

尽管澳大利亚土著民族人口数量不多，生活方式落后，特别是近200多年来遭受白人的种族歧视，但是澳大利亚土著民族同世界上许多地方的土著民族一样，在漫长的历史进程中，也创造了多姿多彩、风格独特的土著文化。我们在布里斯班博物馆所看到的，陈列在那里的石器、陶器、弓箭、刀枪、渔具等历史遗物，以及现代土著人的编织、木雕、绘画，还有我们在植物园里所欣赏到的土著少女的舞姿和美妙的土著音乐，等等，都无不证明澳大利亚土著文化的丰厚与淳美。

正因为如此,基廷总理在1994年10月颁发的《澳大利亚国家文化政策》白皮书中指出:“土著文化是澳大利亚文化中很重要的一部分。”土著委员会主席路易丝女士在所宣布的土著文化政策中也特别强调:“应当鼓励土著文化的生长,它应当作为澳大利亚文化形象的一个不可分割的组成部分来重新认识。”她还说:“土著文化政策主要含义是希望在土著和非土著(白人)之间建立起紧密联系,增强相互间的了解和认识,以达成共同和睦相处的美好愿望。”

二、大力维护土著民族的文化权利，提高他们的文化地位

在一部由澳大利亚学者撰写的关于澳大利亚历史的书中，对澳大利亚土著民族的社会地位有过这样的描写：“对于大多数澳大利亚人来说，一个土著民族仍然成为某种令人好奇的东西，某种少见的东西，一个疏远的澳大利亚同胞，而他们由于历史的不幸，成为现代市场经济中被剥夺了基本权利的下层社会群体中的一员。”（参见广东人民出版社1979年出版的《澳大利亚概况》）长期以来，澳大利亚土著民族遭受种族歧视，许多基本权利如受教育的权利、保持文化传统的权利，甚至连使用本民族语言的权利都被剥夺了。在植物园观赏土著艺术表演的时候，我曾与一位吹奏“得久罗多”（一种土著乐器）的演员交谈。他告诉我，过去英联邦不准他们用本民族语言讲

• 布里斯班河

话，一旦发现就要挨打，甚至被杀头，以至母亲只能偷偷地教儿女们学习土著语言。当然，这种状况已经成为历史，如今土著民族的生活有了较大的改善，许多土著已进入城市，过上了现代化的生活，接受了教育，乃至高等教育，涌现出一些出色的人才，例如全澳土著委员会（ATSIC）主席路易丝·奥多诺戈博士就是其中杰出的代表。

在现代社会，土著民族要求努力保持和弘扬土著文化，维护土著人的文化权利，提高土著文化的地位。上文提到的闭幕会上澳大利亚全国土著文化研究所的代表提出的一项关于土著文化的议案就充分体现了这种要求，议案的主要内容包括：1. 呼吁政府重视土著文化事业，进一步提高土著文化在澳的地位；2. 呼吁政府给土著文化事业提供更多的经费，修建必要的土著文化设施；3. 要求在全国各文艺机构中吸收土著人士参与领导工作。全澳土著委员会委员准备在每州成立一个土著文化研究所，南澳大利亚州还准备搞一个土著人的广播电台，等等。这些都正如ATSIC主席在她宣布的土著文化政策中所讲的那样："土著澳大利亚人重新控制对他们自己文化价值、文化遗产、文化产品的时代已经到来。"

三、重视对土著文化遗产的宣传、开发与利用

ATSIC主席在她宣布的土著文化政策中谈道："我们土著社会的文化资源在很长的时间里，或作旅游者、人类学家猎奇之用，或被开发、复制、大批量投入文化市场。"她指出，这种状况必须通过有效的文化政策予以改变。她说："在发展现代文化工业（即文化产业——笔者注）的同时，要努力保护土著民族的文化传统和文化遗产，不能一味强调赚钱。发展土著文化要与旅游相结合，合理开发土著文化资源。"她还强调，土著文化的知识产权问题过去不受重视，现在应该得到充分重视，特别是在表演和影视方面。

ATSIC主席十分重视和强调土著文化的宣传，她认为多媒体的现代化传

• 夜游布里斯班河，作者与澳大利亚学者（左）、英国学者（右）交谈

播工具对于土著文化同样也是需要的，可以利用它来加以宣传。她指出，过去对土著文化的宣传有歪曲之处，现在必须予以纠正。她提出，宣传舆论机构应有土著人加入。

为了扩大土著文化的影响，澳大利亚已确定2000年为“土著民族文化年”，他们要借奥运会的东风，向全世界宣传和弘扬土著文化。

四、今天的白人对土著和土著文化表现出尊重、理解与支持

现在的澳大利亚，白人占99%，土著不到1%，无论人口数量还是人口质量，白人都占绝对优势，种族间的歧视并没有根本消除。但是，过去那种尖锐的矛盾和冲突已经不复存在，正向着和睦相处、相互尊重、相互融合的方向发展。经过接触，使我们感觉到，一般白人对土著人和土著文化都流露出尊重、平等、宽容、理解和支持的感情。那天，当土著委员会主席路易丝女士宣布土著文化政策之后，与会代表步行前往植物园观赏土著艺术表演。在路上，澳大利亚国立博物馆的副馆长罗斯碧女士询问我对这一文化政策的看法，我从尊重人权、尊重传统习俗讲到我国的少数民族政策，她频频点头，表示十分赞同我的观点。她讲到，她先生长期在我国新疆从事羊毛方面的合作研究，她自己也到过北京，到过新疆，对中国的少数民族有过切身的了解和体会，认为中国的少数民族政策是十分成功的。她说，澳大利亚对待土著应该像你们中国对待少数民族一样，看作是民族大家庭中的一员。

更令人感动的是，在闭幕会上，七八位澳大利亚全国土著文化研究所的土著代表坐成一排，向代表们介绍情况，其中有一位白人十分抢眼。他是西澳土著艺术总监，多年来积极从事土著艺术工作，为土著文化事业奔走呼号。他说，我是白种人，但我有一个土著名字，我热爱土著艺术，愿意为土著文化事业贡献毕生的精力。他在会上慷慨陈词，批评这次文化政策国际会议对土著文化问题没有引起足够重视（实际上已成为会议关注的焦点之一）。这位白人对土著文化的执着和满腔热忱，给与会的各国代表留下了深刻的印象。

（原载《人民日报·国际副刊》1996年9月15日）

浓缩的历史　生动的课堂

——布里斯班昆士兰州博物馆见闻

布里斯班作为昆士兰州首府，位于澳大利亚东部海岸，是一座十分美丽的城市。今年6月，我应格里菲斯大学文化政策学院的邀请，来到这里参加文化政策的国际会议。6月是澳洲的冬天，但在布里斯班却感受不到一丝冬日的气氛，到处绿草如茵，鲜花盛开，碧海蓝天，阳光灿烂。

从堪培拉赶来与我一同参加会议的我驻澳洲使馆一秘茹贤女士向我建议，到了布里斯班，不可不去看看这里的文化中心。趁着会议的间隙，我们来到了位于布里斯班河西岸的昆士兰州文化中心。

“文化中心”是包括昆士兰州立剧院、州立美术馆、州立博物馆、州立图书馆等众多文化设施在内的一大片建筑群，沿着布里斯班河一字排开。这里汇集了当地的戏剧、音乐、歌舞、影视、绘画、雕塑、摄影、报刊、书籍，以及土著艺术、历史文物、自然标本，等等，是名副其实的文化中心，为这座城市增添了浓厚的文化色彩和艺术氛围。

“中心”所有的文化设施都向社会开放，一律不收门票，免费为公众服务。人们在这里可以自由地撷取知识，欣赏艺术，接受美的熏陶，得到美的享受。我们大约花了两个小时，把“中心”匆匆浏览一过。在这里，我们看到：剧场内人们在静静地欣赏音乐，美术馆内人们在默默地观赏画展，图书馆内人们在专心致志地阅读书籍或查阅资料……唯有博物馆内略显嘈杂，因为光顾这里的人们最多。同样，对于我们来说，吸引力最大、参观时间最长、留下印象最深的也是博物馆。

布里斯班博物馆是一座综合性博物馆，总体上可分为人文与自然两大部分，人文部分似乎又可分为人类进化和科技进步两大类。整个博物馆内不仅展品丰富多彩，而且形式生动活泼，吸引着众多人们在这里驻足观赏，流连忘返。

通常都说澳大利亚是一个年轻的国家，从英国政府向澳洲流放罪犯算起，不过200年的历史。通过参观博物馆，使我们了解到，澳洲大陆也与其他大陆一样，留下了澳洲土著人丰富的历史文化遗迹。在这里也能见到与国内许多博物馆那样陈列着的石器、陶器、弓箭、刀枪等反映人类原始时代生活的遗物。还用现代声光技术再现土著人居住的生活环境，模拟土著人的渔猎生活。馆内还陈设了很多独具特色的土著绘画艺术和雕饰艺术。这里需要说明的是，澳洲土著人在英国占领之后，长期遭受种族歧视和种族压迫，这种状况直到进入20世纪才逐步得到改善。现在澳洲土著人与白人一样获得了接受教育和从事政治、文化、经济活动的权利，过上了现代化的生活。我们的会议有一项专门议程，就是由全澳洲文化委员会主席宣布土著文化政策，要求在现代化的时代，要努力保持和弘扬土著民族的文化传统和文化遗产，开发土著文化资源。并决定2000年为土著民族文化年，借奥运会的东风，宣扬和弘扬土著文化。

博物馆不仅给我们展示了丰富的土著民族历史文化遗产，还向我们介绍了大量英人进入澳洲之后，即澳洲进入近代以来的社会发展和科技进步方面的实物资料。展览大厅内有当年英人航海到达澳洲的轮船，有早期的飞机、汽车，还有在澳洲生产的最早的蒸汽机车，以及现代科技发展的最新成就。让人们从这些实物资料中了解历史，切实感受到人类社会的文明进程，从而激起对人类美好未来的向往和追求。

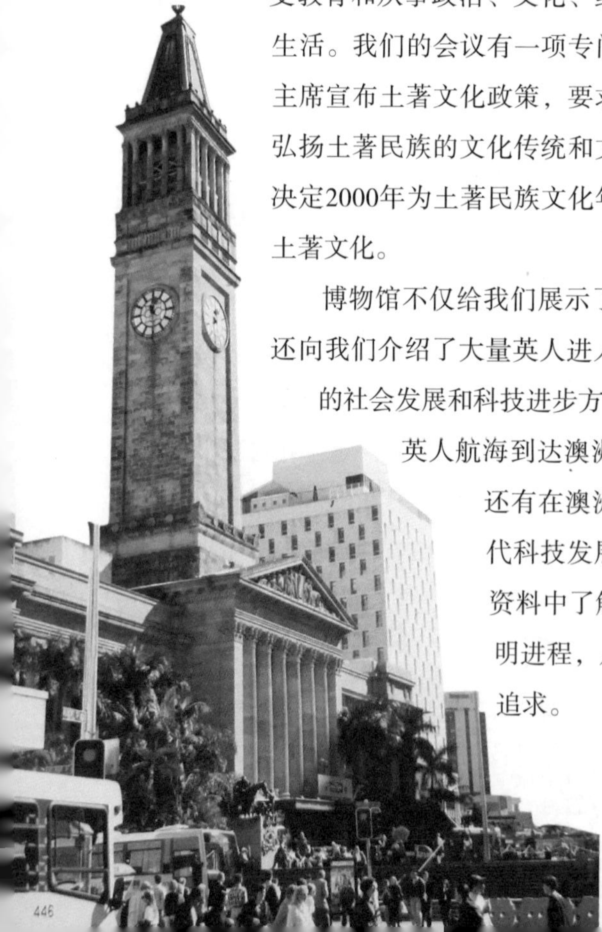

• 布里斯班市政厅

• 博物馆内的动物标本区域是孩子们最欢乐的地方

• 作者在博物馆的土著艺术展区

布里斯班博物馆最吸引人的还要算自然部分。这里收集了澳洲各种珍稀动物的标本，诸如袋鼠、考拉（树袋熊）、鸭嘴兽、针鼹、袋猫、鸸鹋、鹦鹉、企鹅等，以及五颜六色、千姿百态的海洋生物。标本制作得栩栩如生，有的还配以动物生长的环境，给人以身临其境之感。特别值得一提的是，许多标本可以让观众——主要是小观众抚摸，从小培养他们热爱动物热爱自然的感情。我们在这里看到许多父母带着儿女，或者老人带着小孩，还有老师带着成群结队的学生。这些天真可爱的孩子，他们仔细地观摩，尽情地玩耍，博物馆成了他们接触自然的欢乐天地，学习知识的生动课堂。

（原载《中国教育报》1995年11月5日）

悉尼大学印象

1995年6月底，我赴澳大利亚布里斯班参加由格里菲斯大学文化政策研究院召开的文化政策国际会议。会议结束后，经悉尼转机回国。不料，在我下榻的爱尔兰大酒店旁边，就是向往已久的悉尼大学。凭着自己在大学教书十多年对大学特有的感情，第二天一早，我就去拜访了这所著名的大学。

创建于1850年的悉尼大学，位于悉尼市的西南郊，校园的范围不仅很大，而且十分漂亮，简直就是一个大公园，与我的母校北京大学颇有相似之处。六七月间是澳洲的冬季，但是在悉大校园里却感觉不到丝毫冬日的气氛。到处绿树葱葱、芳草萋萋，路旁的冬青篱笆修剪得整整齐齐。早晨七八点钟，校园内空气清新，生机勃勃。与我擦肩而过、急步匆匆的莘莘学子们，或夹着书本，或背着书包，大概都是要去教室上课，或者去实验室做实验。这样的情景、这样的氛围，与我在国内的大学一模一样，感到十分熟悉而亲切。

大家知道，澳大利亚是18世纪末叶英国向这里流放罪犯之后逐步发展起来的一个现代化国家。200多年来，实际上一直是英国统治着这片土地。因此，澳大利亚的文化教育也深受其影响。悉尼大学等6所最早建立的大学，就是所谓“试图摆脱牛津的牛津大学”。在悉大校园里可以看到不少欧洲风格的古老建筑。据说，悉尼大学有6所根据宗教派别划分的学院，包括圣保罗学院（圣公会，1854年建立）、圣约翰学院（天主教，1857年建立）、圣安德烈学院（长老会，1867年建立）、女子学院（不分教派，1889年建立）、韦斯利学院（卫理公会，1910年建立）、圣索菲亚学院（天主教女子学院，1929年建立）。所以校园内一些古典建筑，有的看起来就像教堂一样。

• 悉尼大学一处校门

悉尼大学现有教师1000余人，其中教授100余名，学生将近2万，设有建筑、工程、农学、医学、兽医、法律、艺术等系科，还有原子能研究所、伊丽莎白女王妇幼研究所、犯罪学研究所、戏剧研究所、鲍尔美术研究所及澳大利亚语言研究中心、城乡规划研究中心等研究机构。据说，澳大利亚的大学一个突出特点，就是具有很明确的专业方向，其首要职能，主要是为政府机关和各行各业培养合格人才。即使是文学院也倾向于职业性。因而，学生从他们的大学生活一开始就注重专业化。

悉大虽然是一所私立大学，但是与澳大利亚其他私立大学一样，也得到联邦政府和州政府的资助。例如，悉大所属著名的"公共卫生和热带医学学院"就是由联邦卫生部资助建立的。随着大学的科学研究对国家发展的重要作用日益突出，政府对大学的投资也越来越多。所以，悉大这所经历了一个半世纪风吹雨打的古老大学，今天仍然生机勃勃，永葆青春。

（原载《中国教育报》1996年7月21日）

• 悉尼大学的古老建筑

悉尼的中国城

在国外，许多华侨聚居的城市都有相对集中的一片街区，集中了华人开办的各种商店、餐馆、公司、银行、会馆、报馆等，主要为华人提供生活方便和社会服务，这种华人活动的区域一般叫“唐人街”，在澳大利亚则习惯称之为“中国城”。

澳大利亚的悉尼、墨尔本、布里斯班等大城市，都有相当规模的中国城。悉尼是澳大利亚的第一大市，悉尼的中国城的规模也是最大的。据说，悉尼有30万华人，而悉尼的总人口也不过300万，华人占了差不多十分之一。以至于你走在街上，不时就有黄皮肤的同胞与你擦肩而过，即使你不懂英语也用不着担心，随时都能找到讲华语的同胞问路。

我去年赴布里斯班参加一个关于文化政策的国际会议，会议结束后从悉尼转机回国，在那儿呆了几天。我住在悉尼大学附近的爱尔兰大酒店，酒店的老板是一位老华侨，姓王名今太，正好与我同宗。王老先生70多岁了，看起来不过60来岁的样子，十分热情，也十分健谈。他祖籍浙江宁波，40多年前来到澳洲。他给我讲了当年如何艰苦创业，如何为澳总理竞选拉选票，如何为我国与澳大利亚建交而奔走，以及他与我国首任驻澳大使王国权的交往等等。他还请我参观了他收藏的3000多幅字画和一些红木家具，每天请我一同吃早餐。本来我在悉尼的日程，使馆和领事馆的同志已做了安排，但王老先生却非要我一定去看看这里的中国城，并送我一份地图，指点我前往的路径。

悉尼的中国城，大致位于悉尼市区的中心，与我的住地相距不远，徒步20来分钟就能到达。中国城有纵横好几条街道，范围很大。街上挂满了用汉字书写的招牌，以商店和餐馆居多，其他如书店、药店、首饰店、美容院、

• 悉尼中国城的牌楼

• 2012年在墨尔本参加国际会议期间，与中国艺术研究院同仁重游悉尼中国城

电影院……可以说应有尽有。中国城的华人也比别处多得多。除了当地华侨，也有不少来自大陆和台湾、香港的游客，不时能听到广东话、闽南话、四川话、上海话、北京话……在中国城里，就像在中国的土地上一样，丝毫感觉不到这里是异国他乡。

在中国城的商店里购物，售货员或老板都会讲中国话，他们有的是当地的老华侨，有的是近年从大陆来的“打工妹”、“打工仔”，有的则是越南或印尼的华侨。商店里的货物十分丰富，最受大陆游客欢迎的是澳洲羊皮，整张羊皮经过加工，毛色洁白，皮质柔软，送给老人实在是最佳的选择。另外，那些制作得活灵活现的“袋鼠”、“考拉”玩具也是游客们所喜爱的。自然，中国城的商店里也有不少中国名产，如杭州丝绸、苏州刺绣、贵州蜡染、云南白药，还有风筝、剪纸、景泰蓝、文房四宝，等等，这些当然主要是供华侨选购的。

中国城里的餐馆，川、鲁、粤各大菜系一应俱全，当然还是粤味海鲜居多。那天，大使馆文化参赞毛信礼先生请我在一家海鲜酒楼吃饭，大厅内张灯结彩，大红灯笼，四方宫灯，贝雕屏风，精致的红木八仙桌，洁白的景德镇青花餐具，一概中国气派。服务小姐都是中国姑娘，一律绣缎旗袍，仪态万方，分明体现出中国的饮食文化。据说，世界各地的中国餐馆生意都十分红火，使西方人士大饱口福，悉尼的中国餐馆也不例外。

在悉尼中国城的某一条商业街道入口处有一座古典风格的牌楼，上书“通德履信”四个大字，左右有对联一副，曰：“德业维新，万国衣冠行大道；信孚卓著，中华文物贯全球。”另有一处牌楼的对联这样写道：“四海种族同仁，修睦合群为兄弟；一家金兰结义，精诚博爱贯澳中。”看到这些，我内心十分激动而高兴，立刻用相机拍了下来。我常常想，海外炎黄子孙在世界各地与不同国家、不同民族修睦相处，共建家园，他们在异国他乡生存发展，自强不息，所赖者何？在这里我找到了答案。

（原载《福建文化报》1996年7月5日）

• 北悉尼的海湾

悉尼歌剧院考察散记

在中国驻悉尼领事馆的配合下，我得以造访悉尼歌剧院。

悉尼歌剧院有一个极富诗意的名字——海中歌剧院。它占据着悉尼海湾一个面积为4.5公顷的半岛“斑尼郎岛”，三面都是蔚蓝色波光粼粼的海洋。远远望去，那造型独特的乳白色贝壳形状的屋顶，宛如百帆竞发，令人遐想不已。

接待我们的是歌剧院的高级顾问乔·荷纳克先生和一位导游小姐。

没想到歌剧院竟与我同岁。提案是1954年正式提出的，得到当时的纽省省长约瑟夫·卡希尔的全力支

• 作者与悉尼歌剧院高级顾问（右一）及工作人员合影

• 远眺悉尼歌剧院和悉尼大桥

持。该省为此设立了专门基金会筹集资金，1955年3月，歌剧院奠基，设计者为丹麦38岁的建筑设计师约翰·厄顿。1959年3月，歌剧院在这位年轻建筑师的监督下正式破土动工。到1973年10月，歌剧院落成揭幕，历时14年，耗资1.04亿美元。

严格地说，悉尼歌剧院称为“歌剧院”并不确切，它实际上是一座规模宏大、设备先进的现代化表演艺术中心。整个建筑以音乐厅、歌剧院、戏剧院和话剧院四大部分为主要组成部分。此外，还有排练厅、演员餐厅、剧院酒吧和接待大厅、化妆室以及大大小小的录音室、招待厅、休息厅、咖啡厅、图书馆、展览馆和管理人员办公室，等等，真算得上是一座设施齐全的海上之城。

音乐厅最大，拥有2690个座位，它的顶棚高出海平面67米。其音响效果是一流的。从舞台到顶部有25米高，有充分容音空间和回旋余地。地板和天花板都用澳洲出产的高级黄杨木和白桦木制成。地上铺以蓝色绒毯，弹簧椅蒙上红色光滑皮套。据导游小姐介绍，这些质地考究、制作精良的设备，只是为了使音响圆润。只需2秒钟时间，交响乐那雄浑、嘹亮而优美的声音就能传遍音乐厅的每一个角落。

话剧眼最小且所处位置最低，只有398个座位，主要用来演出话剧或演奏室内乐，也可以用来举办讲座和开会，还可以用来放电影。导游小姐领我们来到前排最低处，说这里已低于海平面。并幽默地笑笑说，如果剧院进水的话，这里可以游泳。

歌剧院和戏剧院分别拥有1547个座位和544个座位。前者主要演出歌剧和芭蕾舞，后者主要演出戏剧和舞蹈。这两个剧院最有特色的要算它们的幕布——歌剧院的日幕和戏剧院的月幕。它们由澳大利亚艺术家约翰·科本设计，以澳洲羊毛为原料，在法国一家纺织厂织造。日幕高8.5米、宽16米，用红、黄等暖色构成抽象图案，恰似火红的太阳反射出的道道霞光，朝气蓬勃；月幕高5米、宽20米，采用深蓝、绿色和棕色组成图案，宛如云端一弯新月，宁静幽深。

悉尼歌剧院由新威尔士州政府负责管理，州政府每年给歌剧院拨款1450万澳元（1澳元约折合0.8美元），约占歌剧院全年总支出的三分之一，其余则为歌剧院自身的收入和各界的赞助。

• 悉尼歌剧院内陈列的剖面模型

• 悉尼歌剧院雄姿

• 2012年在墨尔本参加国际会议期间，与中国艺术研究院同仁重游悉尼歌剧院

歌剧院自身的收入主要有几大块：一是演出单位交纳的场租和服务费，约占全年总支出的1/3强。二是参观门票收入。每年来歌剧院参观的游客约35万人次，门票收入共约250万澳元。三是出租店面和经销食品、纪念品，收入约200万澳元。四是来自国内外的赞助，虽然数额并不太大，但也起到相当的作用，日本丰田汽车公司是悉尼歌剧院最大的赞助商，每年约赞助15万澳元。其他赞助单位如美国电脑公司、澳联邦银行等，或赞助资金，或赞助设备。也有免费刊登广告的新闻单位，如悉尼的几家报纸。还有赞助某一项具体活动或项目的，如星期天免费开放就是由美国《读者文摘》赞助的。

由于剧院自创收入每年递增，州政府的拨款便每年以1.5%的比例递减。据荷纳克先生介绍，现任州艺术部长是由州长兼任的，前任艺术部长则是由州财政部长兼任，这充分说明了州政府对悉尼歌剧院的重视。

悉尼歌剧院落成至今已经历了20多年的风雨洗刷，每年的维修经费是一笔巨大的数目。仅去年一年的维修费用就高达1500万澳元，过去10年的维修费总共达1.2亿澳元，相当于当年整个歌剧院的造价，这笔巨大的开支由谁来承担呢？荷纳克先生介绍说，歌剧院只负责制订维修计划，计划获得相关部门和州议会批准后，由州政府专门负责公共场所维修的工程队实施，我们歌剧院不用掏一分钱。这样算来，新威尔士州政府对悉尼歌剧院的开支，远不只是拨款的1450万澳元，起码是它的倍数。

悉尼歌剧院现有正式员工400人，临时工324人。所有员工中只有4名管理人员是合同制的，其余人员是永久性的，一般不会有被解聘之虞。我询问了员工的工资标准，荷纳克先生说，较之产业部门或商业部门，我们服务行业的员工工资要偏低一些，平均年薪2.8万澳元，这是经与行业工会协商而确定的标准。不过，超时服务的收入比较高，加之是永久性职位，员工都兢兢业业，没有谁会“跳槽”。

歌剧院采取总经理负责制，总经理由州艺术部长任命。另有9人组成的董事会，其成员也由州艺术部长任命。董事会下设16个管理部门，实施对整个剧院的各项管理。

歌剧院每年平均举行3000场演出，接待观众约200万人次。所有演出甚至排练都必须事先与歌剧院预约，如悉尼交响乐团使用音乐厅的时间3年前就预定好了。一般都是演出团体来找歌剧院联系。只有五六个固定的剧团享有优先权。总之，悉尼歌剧院在演出管理上的计划性很强。

悉尼歌剧院给我的印象是，看不到一个闲人，每人各司其职，整个剧院的管理有条不紊，井然有序。

澳大利亚是一个“富有创造性的民族”，是一个崇尚文化、热爱艺术的民族。国家十分重视文化建设。1994年10月，联邦政府颁布了文化政策白皮书，为澳大利亚文化艺术事业的进一步发展，提供了新的政策保障，也提出了新的要求和更高的标准。因此得到社会各界特别是文艺界的普遍赞誉和热烈拥护，被誉为澳大利亚民族文化发展史上的一座里程碑。可以预见，在这项联邦文化政策指导下，澳大利亚的文化艺术事业将会迎来新的发展和飞跃。

（原载《中国文化报》1996年5月8日）

与悉尼歌剧院的游客一起凑热闹的红嘴鸥

访贝多芬故居

1898年，波恩的12位市民在这座故居面临拆除的威胁时，共同出资把故居和另外一座相连的房屋买下，将其打通设立纪念馆，并成立了贝多芬故居协会，因此才有了今天这座供后人瞻仰的名人故居博物馆。

法国总统希拉克与中国文化

1997年5月，法国总统希拉克访华，最后一站访问上海，最后一个项目是参观上海博物馆。希拉克总统与上海博物馆馆长马承源一见如故，他们一面参观一面交谈，不时还探讨有关青铜器和其他的学术问题，参观早已超过了预定的时间，以致专机推迟了2个小时起飞。

卢森堡的森林与古堡

卢森堡被称为『森林之国』与『千堡之国』。我在会议开幕式的致词中说：『有趣的是，「卢森堡」这个中文译名恰好就概括了这两个特色。』有些翻译得好的地名真是妙不可言，『卢森堡』这个译名采用音译加意译的办法，用『森』和『堡』这两个词准确地概括了这个国家的两大特点。

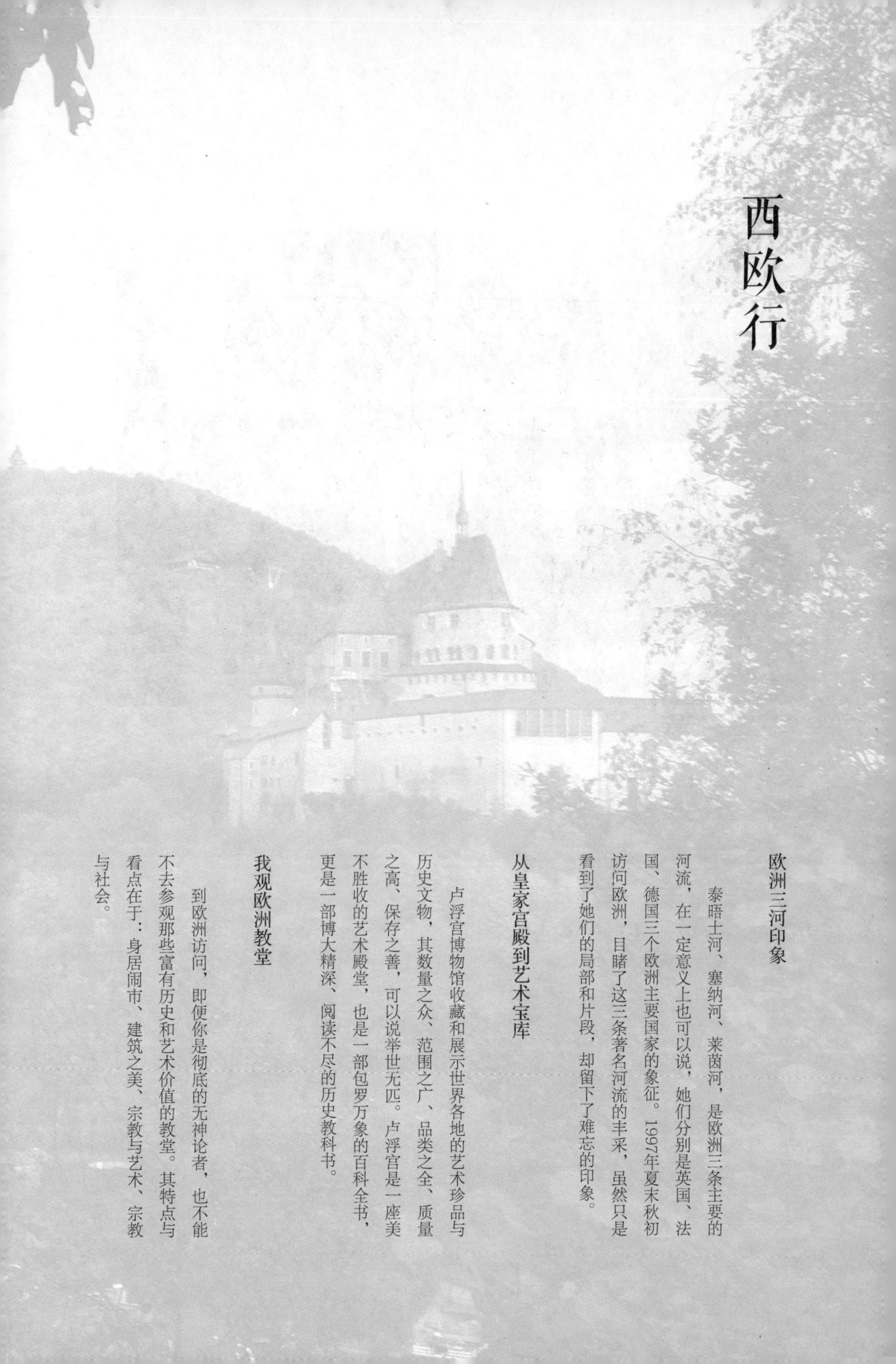

西欧行

欧洲三河印象

泰晤士河、塞纳河、莱茵河，是欧洲三条主要的河流，在一定意义上也可以说，她们分别是英国、法国、德国三个欧洲主要国家的象征。1997年夏末秋初访问欧洲，目睹了这三条著名河流的丰采，虽然只是看到了她们的局部和片段，却留下了难忘的印象。

从皇家宫殿到艺术宝库

卢浮宫博物馆收藏和展示世界各地的艺术珍品与历史文物，其数量之众、范围之广、品类之全、质量之高、保存之善，可以说举世无匹。卢浮宫是一座美不胜收的艺术殿堂，也是一部包罗万象的百科全书，更是一部博大精深、阅读不尽的历史教科书。

我观欧洲教堂

到欧洲访问，即便你是彻底的无神论者，也不能不去参观那些富有历史和艺术价值的教堂。其特点与看点在于：身居闹市、建筑之美、宗教与艺术、宗教与社会。

• 2011年10月，第四届中欧文化论坛全体与会代表合影

欧洲三河印象

泰晤士河、塞纳河、莱茵河，是欧洲三条主要的河流，在一定意义上也可以说，她们分别是英国、法国、德国三个欧洲主要国家的象征。1997年夏末秋初访问欧洲，目睹了这三条著名河流的丰采，虽然只是看到了她们的局部和片段，却留下了难忘的印象。

泰晤士河

泰晤士河留给我最深的印象，是落日余晖映照的河面上一群群天鹅在游嬉。

那天，我们去参观莎士比亚故居、丘吉尔庄园，最后参观女王的住地温莎城堡。当来到温莎城堡附近的泰晤士河边时，已是傍晚时分了。夕阳西

作者在泰晤士河边喂天鹅

• 伦敦塔桥

• 伦敦格林尼治时间

下，晚霞满天，河面上波光鳞鳞，落日熔金，景色十分壮美。这一段河面并不很宽，但河水很满，一群群白天鹅和其他一些不知名的水鸟在水中游弋，把金色的水面划出一圈一圈的涟漪。岸边游人熙熙攘攘，三五成群，或用面包，或用薯条，一面喂天鹅，一面和天鹅照相。

当泰晤士河进入伦敦市区之后，则又是另一番景象。

河床变宽了，水面上船只往来穿梭，原本悠闲而舒缓的河流顿时显得忙碌起来。

连接两岸街市的一座座桥梁，流淌着川流不息的车辆和步履匆匆的人群。这些桥梁形制不一，功能各异，历史年代相去甚远，其中年代最久、名声最大的恐怕就算伦敦塔桥了。该桥建于19世纪，塔桥的得名就是因为桥的两端各有一座塔。桥体分上下两层，下层像吊桥一样，大船来了可以收起；上层距水面有40多米高，任何船只的通过都毫无问题，当下层收起时，上层仍然可以通行。伦敦塔桥以其造型的独特和雄伟，早已成为伦敦的标志性建筑。现在桥上安装有电梯，游人登上塔桥，可以俯瞰泰晤士河的雄姿，也可以眺望伦敦的全景。

美不胜收的是两岸的建筑物。既有议会大厦、大本钟这样金碧辉煌的古典建筑，也有南岸艺术中心这样富有现代感的当代建筑；既有高大而肃穆的教堂，也有小巧而精致的民居……我们徜徉在河边宽阔的绿化带的便道上，面对川流不息的河水，体味着这里的风土人情，我突然觉得，泰晤士河是很绅士的。并且，我一向认为，“泰晤士河”这个汉译名称也具有十足的绅士派头。

塞纳河

我们看巴黎的地图，塞纳河就像一道彩虹，拐了一个弧形大弯，从市中心蜿蜒流过。

据说，巴黎最早只不过是建在塞纳河中间的一座小岛上的一个村镇。这座小岛至今仍在位于巴黎的中心区，鼎鼎大名的巴黎圣母院就在这座岛上。

• 塞纳河边

巴黎的许多古典和现代的著名建筑都建在塞纳河的两岸。既有卢浮宫、杜勒丽花园、协和广场、皇家宫殿、皇家街、法兰西研究院、巴黎圣母院等辉煌壮丽、气势非凡的古典建筑；也有埃菲尔铁塔、奥塞博物馆、国家图书馆新馆等享誉世界的现代建筑。

埃菲尔铁塔下的设计师埃菲尔塑像

特别是从协和广场到罗浮广场这一段，以卢浮宫为中心集中了一大批古典建筑群落，可以说这里是巴黎历史的缩影，也是观赏巴黎乃至欧洲文化艺术的天然博物馆，从中可以领略到不同时期不同风格的建筑艺术、园林艺术、雕塑艺术、绘画艺术……更不用说卢浮宫这座专门收藏世界各国历史文化珍品的艺术宝库了。

登上巴黎的最高建筑物——320米高的埃菲尔铁塔顶层，俯瞰市区，真是人如蚁，车如豆，房屋如盒，塞纳河如带。

1996年建成、位于塞纳河畔的国家图书馆新馆，四幢对称的几十层高的藏书楼，远远望去就像四部打开的巨型书籍，巴黎人称之为“四本大书”。

塞纳河可以用繁忙加繁华来形容她。河面上船只穿梭，真如过江之鲫，多半是观光的游艇，也有一些运输和其他的船只。我们是晚上乘座游艇去观赏塞纳河的夜景的。从埃菲尔铁塔旁的码头上船，绕过巴黎圣母院所在的小岛便回头，全程大约一个小时。这一段是最热闹最繁华的地区，透过五光十色不断变幻的灯光，眺望两岸宏伟的建筑和喧闹的街市，能感受到浓浓的夜巴黎的气氛。

最令人难忘的还是塞纳河上的桥。在流经巴黎市区的塞纳河上，据说有几十座各式各样的桥。仅仅在卢浮宫一带就有协和桥、苏菲里诺便桥、皇家桥、卡卢索桥、艺术便桥、新桥等五六座桥。塞纳河上的这些桥几乎每一座桥都有动人的历史故事和传说。如卡卢索桥，始建于1834年，重建于1930

年，但桥的两端各保留了两座17世纪的雕刻，北侧是《工业》和《富足》，南侧是《巴黎市》与《塞纳河》，生动地刻画了当时的历史和社会。再如艺术便桥（一称艺术步桥），是位于卢浮宫旁的一座用木板铺设的步行桥，之所以命名为"艺术"，据说一是因为拿破仑帝国时代把卢浮宫改为"中央艺术博物馆"；一是桥面上两旁种植了小灌木，并有供游人休憩的小石凳，许多观光客及艺术家都喜欢到这里悠闲漫步。还有所谓新桥，其实是塞纳河上最古老的一座桥，1578年由亨利三世亲自奠基，直到1606年建成，亨利四世命名为"新桥"。桥面上有亨利四世的骑马雕像，法国大革命时被毁，1818年重塑。

我们在塞纳河边散步，抚着桥上的栏杆，望着桥下的流水，不禁产生无尽的遐想。

莱茵河

莱茵河与泰晤士河、塞纳河只流经本国境内不同，她发源于瑞士、流经法国东部边境、穿过整个德国、最后从荷兰注入北海。所以，无论从地理、民族哪方面看，莱茵河主要是属于德国的。

泰晤士河、塞纳河都流经她们国家的首都，或者说她们的首都都建在各自的母亲河上。而德国的首都，1997年我们去访问的时候，都城还在与莱茵河相依偎的波恩，但接待我们的内政部文化司司长告诉我们，两年后就要迁都柏林了。

波恩是一个只有几十万人口的小城市，莱茵河从市区缓缓流过。我们下榻的旅馆，是以出生在波恩的大音乐家贝多芬的名字命名的，就在莱茵河边上，从房间里透过窗户就可以看到宽阔的河面，感觉要比泰晤士河和塞纳河大得多。

晚饭后我们在河边散步，发现有很多鸭子天色暗了却并不回家，仍在水边游嬉，正觉得有些纳闷，陪同的李参赞笑着告诉我们那是野鸭，令我们颇为感慨。

从波恩到科隆相距很近，我们要去拜谒著名的科隆大教堂，驱车不到半

• 作者与我国驻德国使馆文化参赞（左）合影，河对岸就是著名的科隆大教堂

小时便已来到桥头，李参赞让车停了下来，说这里是拍科隆大教堂的最佳位置。我们站在桥头举目望去，莱茵河涛涛汩汩，对岸一双深褐色的高大建筑物直插蓝天，那便是我们在画册和明信片中见过多次的科隆大教堂了。如果不是隔着这浩渺的河面，要想拍下大教堂的全景是根本不可能的。我们以莱茵河和大教堂为背景，拍下来的照片真是漂亮极了。

对莱茵河印象最深的要算坐游艇从波恩到林茨的观光旅游了。我们从波恩乘“歌德号”游艇溯流而上，大约经过两个小时抵达古镇林茨，饱赏了两岸如画的风光。这是一段平缓的河谷地带，两岸有宽阔的平原和起伏的山岗，大片的葡萄园、森林和村镇点缀其间。河滩上不时见到有游人在垂钓，或仰卧晒太阳，也有双双依偎的恋人。他们的汽车、摩托置于道旁，也有排成一溜的汽车房。还有不少骑自行车的旅游者，我们游艇的甲板上就摆放了很多自行车，他们有的是乘船去骑车回，有的则相反骑车去乘船回。

林茨是我们这次观光旅游的终点，她是一座古老而富有情调的小镇。街道是石头铺的路面，窄小而洁净，两边的店铺由于游人多倒也生意兴旺。镇

• 莱茵河上的游艇，岸边停满了房车

上没有汽车，居民的房屋古色古香，庭院里鲜花盛开，整个小镇显得恬静、古朴而优雅。这是林茨、也是莱茵河给我留下的深刻印象。

江河是孕育人类的母亲。人类自古以来逐水而居，逐渐形成村落、集镇和城市，因而人类文明的发展总是沿着大江大河形成不同的民族和不同的文化圈。我国的黄河和长江流域是如此，欧洲的泰晤士河、塞纳河、莱茵河流域亦是如此。

（原载《光明日报》2001年12月5日）

从皇家宫殿到艺术宝库

——参观卢浮宫散记

大凡去过巴黎的人没有不去参观卢浮宫的，这大概是因为卢浮宫作为一座闻名于世的博物馆，其收藏品涉及地域的广泛性、所有展品皆为原物的真实性、以及其历经政权更迭与战火洗礼而不曾中断的持续性，这些对于每一位来访者都是极具吸引力的。

早在19世纪，我国一位派驻巴黎的外交官就曾这样描写过卢浮宫："在欧洲，所谓博物馆就是在一栋大建筑物里，集合艺术和科学方面的代表作品，或足以启发人类生活、道德和思想的东西。所有的这类收藏品，就数卢浮宫的最美。她所收藏的从各文明角落精挑细选的稀世珍品，使我们得以在瞬息之际，一一掌握各国的历史及其不同的命运。卢浮宫的无所不有着实令人赞赏！"（钱其同《中国人笔下的巴黎人》）

卢浮宫的历史变迁

卢浮宫、凡尔赛宫、枫丹白露是巴黎几处至今保存完好的古代宫殿，但凡尔赛宫和枫丹白露都属于行宫，在巴黎郊区；只有卢浮宫位于巴黎市区的中心地带，塞纳河岸边。此外，宫殿的规模也是卢浮宫最大，历史年代也比凡尔赛宫和枫丹白露要早得多。

从中世纪的城堡算起，卢浮宫至今已有800多年的历史。早在菲利普-奥古斯特统治时期（1180—1223），巴黎开始作为首都，就在卢浮宫的所在地建成了一座坚固的城堡。这座作为战略要塞和防御工事，也用来收藏珍宝和关押犯人的巨大城楼，实质上已是封建君王地位和权势的象征。直到14世纪

• 凡尔赛宫广场上的夫妇与三胞胎

查理五世，卢浮宫才成为王室的所在地。这位富有文学修养的国王不久便将庄严朴素的堡垒改建为精致优雅的皇宫。

卢浮宫达到今天这样的规模，主要应当归功于文艺复兴时期两位国王的推动，即法兰西一世和亨利四世。法兰西一世以来，对卢浮宫进行了大规模的改建和扩建，修筑了“城外城”杜勒丽宫。特别是亨利四世，他决心要把巴黎建成文化及政治中心，把卢浮宫建成“皇家之城”，延请了一大批建筑师和艺术家，沿着塞纳河兴建了宏伟富丽的“陈列廊”（又称“大回廊”），把卢浮宫和杜勒丽宫连为一个壮阔的整体，并在两宫之间将号称为“王宫的心脏”的方形中庭扩展了四倍，还建造了钟楼和侧翼，完成了被称之为古典主义新建筑的美轮美奂的宫殿群落。

卢浮宫从皇家宫殿成为专门收藏艺术珍品的博物馆，既是法国大革命平民化理念的影响，也是安吉维耶伯爵努力的结果。安吉维耶伯爵1774年被任命为卢浮宫皇家建筑总监，他主张皇宫应作为博物馆对人民开放，供大众参观，并将卢浮宫转型成博物馆的计划逐渐具体化，亲自主持设计了专供展览绘画作品的大回廊。以1793年8月10日卢浮宫珍藏绘画展在大回廊开幕为标志，此后200多年以来，除了第一次世界大战期间有过短暂的撤离转移之外，卢浮宫就成了面向大众的永久性博物馆。

拿破仑与卢浮宫

拿破仑（1769—1821）这位显赫一时威震世界的英雄，这位侵占别国领土杀人如麻肆意掠夺的大盗，参观卢浮宫不时会提及他的名字，我们的心情是颇为复杂的。

卢浮宫自18世纪末成为博物馆不久，1803年被改名为拿破仑博物馆。这一方面毫无疑问是为了称颂拿氏的丰功伟绩，可见世界各国都不乏溜须拍马之徒；另一方面倒也名副其实，因为博物馆的藏品不少来自拿破仑的军队在欧洲和非洲各国征战的大批掠夺品。仅举一例，1798年拿破仑亲率远征军侵占埃及，在历史学家的伴随下从事所谓的“考古”，最后用战船运走了大批的古埃及文字、石雕、木乃伊和绘画等珍贵文物。这些文物至今大都保存在卢浮宫，使这里成了世界上收藏埃及文物最丰富的博物馆之一。

• 作者在卢浮宫大回廊留影

在卢浮宫的陈列品当中，有不少描写拿破仑凯旋和庆典的作品，其中就有把从别的国家或偷或抢的艺术珍品作为战利品而大加炫耀的内容。有一幅画在花瓶上的题为《胜利者的庆典》的作品，画的就是士兵和市民抬着从意大利掠夺的一尊美丽的雕塑游行于街头的场面。还有一幅题为《劳恭英雄》的画，描写拿破仑在火炬的映照下前来博物馆观赏最新展示的艺术品，当然也就是他的战利品，俨然一副主宰一切、志得意满的神态。

拿破仑曾经居住在装饰奢华的杜勒丽宫，1810年他在皇宫迎娶第二位皇后、来自奥地利的露易丝公主，其盛大豪华的婚礼，有多幅画作从不同的场景和角度给予了生动的描绘。至今，这位皇后的卧室被完整地保存在卢浮宫。从中我特别注意到，室内摆放了很多中国瓷器，不知道这位皇后是否真的向往东方文化。

在卢浮宫被称为拿破仑博物馆的时代，有一尊高大的拿破仑青铜雕像放置于博物馆的入口处，也许人们走进博物馆，首先就得向这位拿破仑一世顶礼膜拜。如今，这件青铜作品存放在卢浮宫历史展示厅内，因为拿破仑和他的时代早已成为历史。

“大卢浮宫”计划

密特朗总统执政时期（1981—1995），法国政府对卢浮宫进行了大规模的改造，称之为“大卢浮宫”计划。

“大卢浮宫”计划是针对卢浮宫年久失修、设施陈旧，必须进行结构改造和周围环境的整治而实施的，同时也为了适应现代生活，利用现代科学技术，把卢浮宫改造成为一个现代化的博物馆。

这个宏大的计划分两期进行。第一期工程自1981年开始，到1989年玻璃金字塔入口的启用即告完成，主要是金字塔入口大厅及相关设施的建设，地下空间的规划和考古发掘等。第二期工程主要是财政部搬迁，其所占的黎希留馆和卡卢索陈列廊重新开放，以及博物馆各展厅统一调整和布置，到1997年基本完成。

这里值得一提的是玻璃金字塔入口的建造。“大卢浮宫”计划有关博物馆建筑结构重整全部由著名的华裔建筑师贝聿铭负责，金字塔入口只不过是全部工程中的一部分，但这件杰作足以令世人惊叹，成为举世公认的历史与现代建筑完美结合的典范。玻璃金字塔的建设，同与之遥遥相对的埃菲尔铁塔的命运完全相同，最初的设计备受争议，很多人认为在卢浮宫这座古代宫殿建筑的中心位置（即上文提到的被称为“王宫的心脏”的方形中庭），建一个钢架玻璃的入口显得不伦不类，有损卢浮宫的古典风格。但是，当这座金字塔外型完全用玻璃罩盖的入口大厅和完备的配套设施展示在人们面前的时候，人们赞叹不已，称赏有加。据说，玻璃金字塔的建造，不仅在设计理念上是大胆而富于独创性的，而且解决了建筑技术上的一系列难题，在世界建筑史上留下了一段佳话。

这座透明的“金字塔”，高21.65米、宽30米，由793块特制的玻璃，装设在95吨重的不锈钢梁和铝制支架上，这样坚固而又轻盈的建筑材料和造型，不仅给方形中庭增加了采光和空间，而且通过电梯上下宽敞的通道连接各个展厅，也给观众带来了方便。不仅如此，与金字塔入口相应的一些其他辅助设施，包括画廊、音乐厅、咖啡厅、餐厅、纪念品服务部、地下停车场等一应俱全。特别是向观众出租多种语言的解说器（或称“导览机”）、出售激光视盘以及网络方面的建设，等等，使这里真正成了“多媒体的卢浮宫”。

今日的艺术博物馆

卢浮宫博物馆收藏和展示世界各地的艺术珍品与历史文物，其数量之众、范围之广、品类之全、质量之高、保存之善，可以说举世无匹。卢浮宫是一座美不胜收的艺术殿堂，也是一部包罗万象的百科全书，更是一部博大精深、阅读不尽的历史教科书。

卢浮宫共有42万件藏品，但通常展出的只有1.3万件左右，还不及总藏量的三十分之一。比较固定的展览由6个部分组成，这就是：古东方文物和伊斯兰艺术，古埃及文物，古希腊、罗马文物，工艺品，雕刻，绘画。这6个部分的分类当然不尽科学，有的以地区分，有的以年代分，有的以艺术种类分，这就不免有交叉。譬如，雕刻部分有法国雕刻、意大利与西班牙雕刻、北欧雕刻，而古埃及、古希腊、古罗马的雕刻在这部分当中是找不到的，因为它们都被分散划归到各自的地区馆中去了。

这6个部分各有特色，都是经过精心挑选的艺术珍品，都值得细细观看，慢慢品味。可是一般的观众不可能有太充裕的时间，在匆匆的一天半天或几小时之内，绝不可能将馆内的所有展品全部看完。只能依据个人的兴趣爱好，选择重点，其余的就只好走马观花、一带而过，甚至只得忍痛割爱、忽略不计了。据我的观察和体会，卢浮宫最吸引人的似乎是雕刻和绘画。大家知道，卢浮宫有两件镇馆之宝，古希腊石雕《阿芙蒂特》和达·芬奇的绘画《蒙娜丽莎》。这两件稀世珍宝分别珍藏于古希腊馆和绘画部分中的意大利绘画馆，这两个地方总是人潮如涌，连照张相都非常困难。附带说一句，卢浮宫内除了绘画，其他展品都是允许拍照的。

《阿芙蒂特》这尊断臂的维纳斯女神雕像，1820

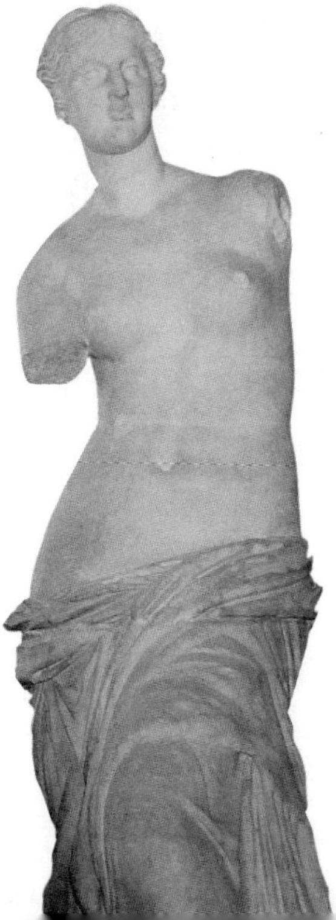

• 断臂的维纳斯女神像《阿芙蒂特》

年出土在希腊席克拉德群岛的一座小岛上，次年即运抵巴黎，最初是由黎维叶侯爵买下，他送给法国国王路易十八，国王随即就捐赠给了卢浮宫。这尊产生于公元前2 世纪的女神像，完全是美的化身，她优雅的仪态、柔美的表情，简直令人着迷。尤其是她的断臂，这一缺憾美给了人们无尽的想象空间。而《蒙娜丽莎》的微笑更是令人动心，也是一个说不尽的话题。作为意大利文艺复兴三巨匠之一的达·芬奇（另外两位是米开朗琪罗和拉斐尔），1516年应法兰西一世之邀定居法国，三年后客死他乡。《蒙娜丽莎》并不是在法国创作的，它是1503年画家在他的家乡佛罗伦萨画的，据说是为一位富商的妻子所作的肖像，后来带到米兰，再带到法国，一直陪伴在身边。这件文艺复兴时期的登峰造极之作，以其细腻的画笔、朦胧的光线，以及人物怡然的姿态、迷人的微笑，吸引了无数的观众。特别是那双生动传神的眼睛，无论你站在什么角度，她都在深情地注视着你，完全符合中国古代“传神阿堵”的审美观念。

卢浮宫收藏的中国艺术品，在展厅中我只看到敦煌卷子和藏传佛教文物，且数量不多。据胡适、王重民、向达、姜亮夫等学者当年在海外的研究，我国敦煌的文物流失到英、法、美、俄、日等国，以法国的伯希和盗走的数量最多，质量上乘。现藏于巴黎的敦煌卷子，主要在法国国家图书馆，卢浮宫所藏可能只是少量。不知道在卢浮宫的库房里是否还有其他的中国艺术品，以我在法国别的博物馆和欧洲一些国家的博物馆中所见大量的中国艺术品和文物，猜想卢浮宫肯定也有，只不过没有展出而已。

〔原载《中国文物报》2001年12月28日（上），2002年1月2日（下）〕

我观欧洲教堂

到欧洲访问，即便你是彻底的无神论者，也不能不去参观那些富有历史和艺术价值的教堂。这里叙述的便是我——一个与宗教毫无瓜葛的人，参观欧洲一些教堂之后的印象和感想。

身居闹市

欧洲的教堂如同中国的寺庙（道观）一样遍布各地，但中国的寺庙（道观）在山林，欧洲的教堂居闹市，这大概是二者的不同。

以我在欧洲所见为例：英国伦敦的威斯敏斯特教堂（西敏寺）、圣保罗

• 在日内瓦的山上俯视城区，教堂的尖顶林立

• 作者在巴黎圣母院

大教堂，法国的巴黎圣母院，梵蒂冈的圣彼得大教堂，意大利的威尼斯圣马可大教堂、米兰大教堂，德国的科隆大教堂，瑞典的乌普萨拉大教堂，这些大名鼎鼎、举世皆知的教堂，无一不在大都市。还有在德国慕尼黑、意大利佛罗伦萨、丹麦哥本哈根、瑞士日内瓦等地参观过的一些记不起名称的教堂，也都身居闹市。在一些中小城市乃至乡间集镇，同样也都能见到大小、形制不一的教堂。几乎可以得出这样的结论：凡是人烟集中的地方必定有教堂。当然，有时在旅途中偶尔也能见到一处既像教堂又像古堡的建筑，孤零零地呆在某一个深谷幽林之处，但那是历史遗留下来的古迹，也许这里曾经也是人烟稠密的地方。

在中国则不同，一般来说，寺庙（道观）都远离尘世，自然也就远离城市。尤其是那些著名的寺庙（道观），更是藏诸名山，远离都市。如佛教的四大名山：山西五台山、四川峨眉山、安徽九华山、浙江普陀山，其中五台山、峨眉山都在海拔两三千米之上，普陀山更是一座与世隔绝的海岛，这些都是远离尘凡的所谓净地。道教胜地亦是如此，江西的龙虎山、四川的青城山等，都是有名的洞天福地，也都远离都市红尘。即便是偏僻的乡村，寺庙或道观也永远不与民居混杂，总是远离村庄独处于林壑山岩之中。

这种不同也许是由于东西方文化的差异和不同的宗教哲学所造成的，当然也与欧洲近代的工业革命和工业文明相联系。欧洲近代工业革命加速了各国城市化的进程，也促进了作为“城市化宗教”的发展，这是显而易见的。然而更重要的是，欧洲的基督教（天主教）信奉上帝，相信上帝能够普救众生。特别是中世纪，欧洲的教会处于至高无上的统治地位（欧洲一些著名的教堂大都建于这一时期）。这些就决定了宗教与政治、社会、民众具有十分紧密的联系，也就决定了教堂必居于闹市和人群集中的地方。

中国的佛教和道教虽然也讲普度众生，但更侧重于个人的修炼，因而必须远离红尘而隐遁林泉。所以，中国的佛教徒和道教徒不像欧洲的基督教徒一样定期到教堂去做礼拜，而往往是要云游四海，遍访名山，以求得更好的修炼，达到更高的境界。

建筑之美

参观欧洲的教堂，最引人注目、令人赞叹的是它的建筑之美。

欧洲这些著名的教堂在世界建筑史上享有崇高的地位，它们多是某一时代或者某一建筑风格的代表。譬如，伦敦的威斯敏斯特教堂、巴黎圣母院，是欧洲早期哥特式建筑的杰作；而科隆大教堂、米兰大教堂等则堪称中、晚期亦即成熟期哥特式建筑的典范。再如，梵蒂冈的圣彼得大教堂是巴洛克式建筑的顶峰，伦敦的圣保罗大教堂是古典主义建筑的代表。

这些教堂建筑由于工程浩大，从奠基到竣工一般都经历了漫长的岁月，少则几十年、百余年，多则数百年。例如，巴黎圣母院87年（1163—1250），梵蒂冈圣彼得大教堂120年（1506—1526），瑞典乌普萨拉大教堂175年（1260—1435）。科隆大教堂奠基于1248年，直到1880年最终落成，前后经历了6个世纪。米兰大教堂始建于13世纪，到1965年安装完最后一扇门，前后历经700余年。有的教堂由于政权更迭或其他变故，建建停停，停停建建，旷日持久，如伦敦的威斯敏斯特教堂，1050年由英王爱德华下令修建，1065年举行奉献仪式，后圮废。1245年亨利三世时重建，直到15世纪末完工。有的教堂历经战争和大火，屡毁屡建，或重新修复。如伦敦的圣保罗大教堂，现存的这座宏伟建筑已是在这一原址上重建的第五座教堂了，最早为公元604年圣奥古斯丁以来的伦敦主教堂所在地，第四座圣保罗大教堂于1666年在大火中焚毁。又如科隆大教堂，在第二次世界大战中遭到严重毁坏，1965年修复完工。

兴建于12—13世纪的巴黎圣母院，是欧洲早期哥特式建筑与雕刻的主要代表。正面一对60余米高的塔楼，巍峨而壮观，上面有内容丰富而精美绝伦的反映宗教题材的雕刻。我们来参观时正赶上清洗，已经清洗到“国王长廊”那里，与尚未清洗的三扇大拱门之间留下一道十分明显的痕迹。教堂内高大宽敞而幽暗，充满着肃穆而神秘的气氛。教堂的大厅据说可以容纳近万人，大厅的柱子足有两三人合抱之粗，外表看起来像是水泥的，但我猜想那时候不会有钢筋水泥，其主干应当还是砖石砌成，外层的水泥可能是后来加上去的，却早已被人们抚摸得光滑锃亮。

米兰大教堂全部用大理石砌成，远远望去简直是一座巍峨的大理石山。教堂的屋顶各个突出的塔尖上都有人像雕塑，据说一共有3000多尊大小不一的人像，光是与真人一般大小的就有135尊。这些雕像如同守护神一样日夜守卫着这座教堂。为了方便旅游者，教堂专门安装了电梯和通道，我们可以登上屋顶，近距离观赏教堂各部位的建筑，还可以与屋顶上的人像雕塑合影留念。

梵蒂冈是罗马教皇的所在地，因而这里的圣彼得大教堂建得富丽堂皇、气势非凡。教堂中央直径达42米、高度达138米的圆形穹顶，是巴洛克式建筑的典型标志，也是罗马古城的制高点。我们走进教堂，到处金碧辉煌，美轮美奂，不同于一般教堂给人以压抑与幽暗的感觉。即便是安葬教皇的地下层，也一样豪华敞亮。这样的设计理念，既体现了教皇的至尊，也是受文艺复兴思想解放的影响。因为，文艺复兴时期的三巨匠，其中就有两位即拉斐尔和米开朗琪罗，参与了这座教堂的设计，并且在这里留下了珍贵的壁画和雕塑作品。

宗教与艺术

欧洲的每一座教堂几乎都是一座艺术博物馆。除了上述教堂本身的建筑艺术之外，还有教堂内大量的绘画艺术、雕刻艺术、装饰艺术，以及教堂所收藏的各种各样的艺术珍品。

蔡元培先生说过："西洋画近建筑，中国画近文学。"他所说的"西洋

• 米兰大教堂

画”就是欧洲的绘画，所谓“近建筑”是说欧洲画如同建筑一样讲究布局与结构，不像中国画只重写意。同时，“西洋画近建筑”也道出了绘画与建筑的密切关系，尤其是教堂建筑，可以说没有绘画便不成教堂。教堂是绘画最集中的场所，至今有许多绘画名作仍然保存在教堂之中，特别是一些壁画，它是教堂有机的、重要的组成部分，如果不到教堂就无法欣赏得到。

说到教堂的壁画，无论是艺术成就还是影响所及都应首推梵蒂冈。这不仅因为梵蒂冈是至高无上的教皇所在地，更主要的是教堂的建设赶上了文艺复兴这样一个人才辈出的时代，大师们在这里留下了无与伦比的杰作。梵蒂冈有一座叫做“西斯廷堂”的礼拜堂，米开朗琪罗在这里“面壁”11年，以超人的胆识和精湛的技艺，创作了巨幅天棚画《创世纪》和壁画《末日的审判》。天棚画《创世纪》以《上帝造天地》、《上帝造日月》、《上帝造万物》等9个主题组合成一幅浑然一体的巨作，在大约520平方米的圆穹天棚上，绘制了343个真人大小（有的甚至比真人大两三倍）的人物形象。米开朗琪罗花了整整四年的时间，平均四天就要绘制一个人像，他每天仰头作画，脖子僵化了，连平时吃饭、看书都要仰着脖子，其工作的艰辛可想而知。这一歌颂上帝实际上是歌颂人类的创造精神、歌颂人的智慧和力量的杰作，得到后人极高的评价：“仰望文艺复兴艺术顶峰，到梵蒂冈的西斯廷！”在西斯廷还有米开朗琪罗的另一幅著名壁画《末日的审判》，这是画家在完成《创世纪》20年之后，又花了整整7年时间，历尽艰辛和病痛，直到他66岁高龄时创作而成的又一体现人文主义精神的杰作。

文艺复兴三巨子之一、只活了36岁的年轻画家拉斐尔，也在梵蒂冈教堂的签署厅创作了代表文艺复兴又一座艺术高峰的巨幅壁画《圣典辩论》和《雅典学院》。这两幅壁画的名称是后人根据画面的内容而确定的，《圣典辩论》描绘的是关于宗教教义大辩论的场面，表现了文艺复兴启蒙思想家们对天神的疑问；《雅典学院》则更是直接反映人类发展的创造史和文明史，鲜明地表现了人文主义的思想。画家为从古希腊到文艺复兴各个时代的杰出

• 作者在威尼斯

人物树碑立传，这些人物包括苏格拉底、亚里斯多德、柏拉图……以及达·芬奇、米开朗琪罗和拉斐尔自己在内的哲学家、科学家、艺术家，意在向人们昭示：正是这些智者们引领和推动着人类的文明和进步。由于拉斐尔这两幅壁画的巨大成就和影响，人们早已忘了这里叫“签署厅”而直接称之为“拉斐尔厅”。

著名的达·芬奇的《最后的晚餐》，也是为教堂创作的壁画。这是画家于1495年他43岁的时候为米兰的一座修道院而绘制的。犹大出卖耶稣的故事为世人所熟知，耶稣与他的12个弟子告别的晚餐，是欧洲古典绘画常见的题材。我们在欧洲的博物馆和教堂里不知看过多少幅这一题材的画作，每一个画家对耶稣和犹大及其他弟子都有不同的处理和表现，但都不及达·芬奇的壁画给人以震撼心灵的力量。画家通过对人物不同的心态和神情动作的生动描绘，把美与丑、真与伪、善与恶永久地凝固在这一历史的画面上。这座修道院后来毁于战火，米兰的市民自发地保护壁画，用砖块和沙包把这堵墙壁整个遮盖包裹了起来。几百年来壁画受到不同程度的损伤，颜色也开始消退，米兰市政府便拨巨款进行维修。我们去参观的时候正赶上维修工程的后期，专家们在脚手架上细心地修补，使我们不能一睹整幅壁画的风采，但据说施工非但没有影响到参观的人数，反而吸引了更多的旅游者。

教堂的雕塑也是令人瞩目的。无论是外部与建筑融为一体的雕塑，还是内部作为装饰和陈设的雕塑，都达到了很高的艺术水准，不少是堪称经典和范本的绝世之作。譬如，梵蒂冈圣彼得教堂内米开朗琪罗的《母爱》、《摩西》，拉斐尔的圣母像……还有巴黎圣母院正面大门和墙壁上的浮雕，米兰大教堂屋顶上的3000多尊人像雕塑，等等，都给人以惊心动魄的感受。

教堂与艺术真是一个说不尽的话题，在这篇短文里更是难以备述。

宗教与社会

记得十多年前读谭嗣同的《仁学》，其中论及宗教对于社会的作用，谭氏引日本明治维新为例，认为宗教“隐为助力”，起到了不可替代的作用。的确，任何事物都有两面性，宗教就其本质和总体而言，它对社会主要是起着消极作用的，正如马克思所指出的那样是人类的“精神鸦片”；但另一方面，宗教对于净化人的灵魂、化解社会和家庭矛盾等方面，又能起到某种特殊的作用，产生积极的效果。

当今之世，人类已经进入高科技和信息化的时代，但科技的昌明并没有消减人们对宗教的信仰，科学精神与宗教精神似乎并行不悖。据资料统计，西方国家信奉基督教的人数，近二三十年来非但没有减少，反而呈上升趋势，目前全世界信奉基督教的人数约占全球总人口的30%（参见戴维·巴雷特主编的《世界基督教百科》，牛津大学出版社）。像美国这样一个经济和文化高度发达的国家，同时又被称为“教会制衡的国度”（参见布什总统在清华大学的演讲），它的信教公民竟高达70%。上至总统，下至平民；贵如议员，贱如乞丐，大都信奉上帝。我们看美国总统手抚《圣经》宣誓就职那一刻，神情是何等庄重、虔诚而神圣。欧洲各国也有50%的公民信奉基督教，一般来说信教的人绝大部分每周至少要到教堂做一次祷告，将近一半每周至少做一次弥撒。由此不难想象，教堂对于社会与民众有多么重要的意义，多么密切的关系。

当我们走进教堂，那安宁静谧的环境，那庄严肃穆的氛围，似乎有一种奇妙的神力，使你立即进入一种净化空灵的境界。在巴黎圣母院，我静静地倾听那雄浑的教堂钟声，雨果笔下那位面目丑陋而心地善良的敲钟人似乎就浮现在眼前。在牛津大学教堂，我在长条凳上坐下来，随着教徒们一道听主教诵经，尽管根本听不懂，也要感受一下这样的气氛。在日内瓦教堂，正赶上唱诗班唱诗，他们伴随着管风琴的音乐低声吟唱，那专注的神情和美妙的旋律使我激动不已……

教堂并不仅仅是教徒们活动的场所。欧洲的教堂，特别是那些著名的教堂，与社会政治有着特殊而紧密的联系。伦敦的威斯敏斯特教堂，是英国国王加冕和王室成员举行婚礼的地方。从11世纪胜利王威廉开始，除了13岁即被谋杀于伦敦塔中的爱德华五世和自动放弃王位的爱德华七世之外，所有英王均在此加冕登基，包括刚去世不久的伊丽莎白女王。这里也是国王的墓地，从亨利三世到乔治二世的20多位国王均安葬于此。1997年黛安娜王妃死于车祸，按照王室礼仪也曾在这里举行葬礼。因此，威斯敏斯特教堂成了英国王室历史的一部分见证。此外，英国许多名人死后也被安葬在教堂之内或在此树立纪念碑，如牛顿、达尔文等。教堂内的“诗

• 意大利比萨斜塔

人角”，便是诗人和作家的墓地，如狄更斯等。因而，英国人称这里是“荣誉的宝塔尖”。

梵蒂冈作为罗马教皇教廷的所在地，它是目前世界上最小的独立国家。中世纪，教皇统治着政府，教皇的政治势力范围很大。1870年，在一次政权转移中，意大利王国将罗马定为意大利的国家首都，从教皇政府中夺过政权，将所谓的罗马“教皇国”列入自己的版图。1929年，意大利政府和罗马教皇签署了一项协定，将梵蒂冈城建立为所谓的“国中之国”。跟任何其他国家一样，梵蒂冈拥有自己的卫队，挂自己的国旗，铸造自己的硬币，经营自己的邮政、交通、电话系统和无线电广播电台。其首领为教皇，教皇通过行政长官实行统治。每年的圣诞节，教皇都要在圣彼得大教堂向全世界发表圣诞文告，表明他们对世界事务的观点和态度。现年82岁的教皇约翰·保罗二世，2001年12月25日发布圣诞文告的主题是呼吁将儿童从成人世界的冲突中解救出来，要求维护世界和平，反对恐怖主义。

• 牛津大学的教堂

（原载《粤海风》2002年第3期）

访贝多芬故居

在一个细雨蒙蒙的日子，我们利用在波恩访问的间隙专程去拜访了贝多芬的故居。

从波恩市政厅广场穿过一条窄小的街道，便来到了贝多芬故居博物馆。这是一栋并不起眼的三层楼房，与隔壁的房子连成一片，并非是单家独院。屋后有一个小院，种有一些灌木和青草，其中有一尊贝多芬的雕像，被雨淋湿了的地方泛出一些光亮。

据说，1898年波恩的12位市民在这座故居面临拆除的威胁时，共同出资把故居和另外一座相连的房屋买下，将其打通设立纪念馆，并成立了贝多芬故居协会，因此才有了今天这座供后人瞻仰的名人故居博物馆。

• 作者在贝多芬故居

● 作者在瑞士洛桑

贝多芬故居博物馆共设立了11间展室。第1展室是他的生平事迹介绍和作曲活动年表，第2～5展室介绍贝多芬的家庭及青少年时代在波恩的情况，第6～10展室介绍贝多芬在维也纳的音乐成就和社交活动，第11展室是三层的一间小屋，是贝多芬出生的房间，这里存有他在世时的面模和死后的面模，以及教堂受洗的记录。

路德维希·冯·贝多芬于1770年12月16日诞生在波恩的一个音乐世家。他的祖父曾经担任波恩宫廷乐队的队长，父亲也是宫廷乐队的男高音歌手。贝多芬4岁由父亲教他弹钢琴，10岁学习演奏管风琴，12岁就成了宫廷乐队的临时管风琴演奏员，两年后成为正式演奏员，稍后成为中音提琴演奏员。展室中陈列有一份贝多芬于1778年3 月26日在科隆演奏的海报，当时人们就把他看作是像莫扎特一样的神童。贝多芬的老师内弗十分赞赏他的音乐才华，他在《音乐学报》上写文章，认为贝多芬“有能力成为第二个莫扎特”。

1790年冬和1792年夏，奥地利著名作曲家海顿在波恩逗留期间，贝多芬与海顿有了最初的接触和交往。随后不久，由弗兰茨大公资助，贝多芬前往维也纳求教于海顿门下。1792年11月，22岁的贝多芬离开了波恩，从此再也

• 作者在日内瓦大学

没有回到自己的故乡。此后，贝多芬在音乐之都维也纳生活了34个春秋，因而他的一生分为波恩和维也纳两个阶段。

贝多芬来到维也纳之后，与海顿、舒伯特、歌德等音乐家和上流社会有了广泛的交往，在音乐上大胆继承和创新，创作了《英雄》、《命运》、《田园》等9部交响乐，以及钢琴奏鸣曲、钢琴协奏曲、小提琴协奏曲等大量音乐作品，成为人类最伟大的音乐家之一。1800年前后，这位伟大音乐家的耳朵开始失聪，后来只得配上助听器，以至只能通过笔谈来与人交流和坚持创作。直到1827年3月26日，贝多芬在维也纳的家中溘然长逝，走完了他辉煌而短暂的人生。展室里有一幅画，描绘了贝多芬葬礼的盛大场面，据说当时有两万多人参加了贝多芬的葬礼。

当我们一边听着贝多芬的交响乐，一边轻轻走过每一个展室，端详着音乐家的一件件手稿、信件和各种用过的器物，仿佛觉得这位音乐伟人仍然活在世间，就在我们身旁。

（原载《深圳特区报》2001年12月16日）

法国总统希拉克与中国文化

拜访我驻法国使馆的时候，临时代办给我们讲了这样一件事：1997年5月，法国总统希拉克访华，最后一站访问上海，最后一个项目是参观上海博物馆。希拉克总统与上海博物馆馆长马承源一见如故，自谓神交已久，因为马承源有关青铜器的7部著作他已全部读过。希拉克总统与马承源馆长一面参观一面交谈，还不时探讨有关青铜器和其他的学术问题，参观早已超过了预定的时间，以致专机推迟了两个小时起飞。

此事我将信将疑。在欧美一些国家确有不少在某一方面造诣很深的汉学家，但希拉克总统身为一国首脑，对中国文化有如此高的造诣，真是令人觉得不可思议。须知，马承源是我国著名的青铜器和古文字学专家，他关于青铜器方面的著作，即使在国内，不要说一般读者读不懂，就是专门从事文史

• 巴黎圣母院背面

研究的专家也未必啃得动，而希拉克总统居然全部通读了，这可能吗？

事隔一年，我得到了确定的答案。1998年法国文化部的同行来中国访问，我们就文化行政管理的有关问题开了一天研讨会，会后在北京饭店宴请法国朋友，法国驻我国大使毛磊也出席作陪。席间，我正好与毛磊大使为邻座，于是就希拉克总统参观上海博物馆，专机推迟两小时起飞一事向毛磊大使请教是否确有其事。毛磊大使说，飞机确实推迟了起飞，只是未必有两个小时。他说，当时，我们和总统身边的工作人员都觉得，总统平时工作太忙太累了，他和马承源馆长谈得那么投机，兴致那么高，我们就不忍心去打搅和催促他了。

至于希拉克总统对中国文化特别是青铜器方面的造诣，毛磊大使说，我相信你听到的传闻是真实的。毛磊大使还补充介绍说，今年（1998）秋天，将有一个中国青铜器展览在巴黎举行，希拉克总统表示要亲自为这个展览撰写解说词。他还说，我认为总统写的解说词一定会很专业、很内行。总统亲自为中国的青铜器展览撰写解说词，这恐怕也是少有的事情。这些都将在中法文化交流史上传为佳话。

据说，希拉克总统对中国的历史、考古、诗词、书法乃至烹饪艺术都十分喜爱和欣赏。早在70年代初，在当总统之前，他就曾经到过中国一个偏远的地方从事考古方面的考察和研究，至今那里的留言簿上还留有希拉克的签名。

希拉克总统对中国文化这样深厚的修养是怎样得来的呢？据毛磊大使讲，总统小时候居住的地方有一个博物馆，馆内陈列了很多包括青铜器在内的中国艺术品，他一有空就往博物馆里钻，慢慢培养了对中国文化的感情，而且逐步达到了这样高深的境界。我想，希拉克总统与中国文化的渊源，说起来似乎有一定的偶然性，但实际其中有许多必然的因素，最主要的有三个方面，其一是中国文化具有极大的吸引力；其二是法国具有吸纳各国优秀文化的良好传统；其三是希拉克总统具有非凡的毅力。

（原载《光明日报》2000年6月9日）

卢森堡的森林与古堡

2011年10月，我率领一个由近40名学者和艺术家组成的代表团，到卢森堡参加第四届中欧文化对话，所见所闻，感受颇深。

高规格的会议

中欧文化对话，是中国艺术研究院与欧盟文化中心合作组织共同发起和搭建的一个文化交流平台。这是一个由中欧双方学者和艺术家开展定期对话和深入交流的制度性文化交流合作项目，也是进入双方主流社会的高端论坛。对话每年一届，由中欧双方轮流主办，前三届分别在中国北京、丹麦哥本哈根和中国上海举行。通过前三届对话，对于增进中欧之间的了解和友谊，特别是文化艺术方面的深度交流，起到了非常重要的作用和良好的效

• 第四届中欧文化论坛开幕式

果。许多学者和艺术家都成了老朋友，彼此结下了深厚的情谊。

这次是第四届，在欧盟成员国卢森堡举行。热情好客的东道主对这次会议非常重视，卢森堡前首相、也是中国人民的老朋友森特先生出席了会议的开幕式，文化部长和财政部长与会，我驻卢森堡大使馆临时代办陈亚欧也出席会议，使得会议的规格大为提高。开幕式上，卢森堡的文化部长、欧盟文化中心合作组织主席和我分别代表东道主和主办双方致词。出乎我们意料的是，财政部长还专门赶来参加在音乐厅举行的一场关于“艺术与金融”的专题讨论并发表演讲。这位部长十分幽默，他说，在欧债危机的当口，来参加文化艺术方面的会议，也许有点不务正业。但是，他进一步深刻指出，文化是社会发展的深层推动力，艺术品或者更广义的文化产业与金融相结合，能够释放出巨大的经济能量。他希望中国的金融家和艺术家来卢森堡投资创业。更让人感动的是，他对中国和中国文化的热爱。他说他到过中国十几次，对中国悠久的历史和灿烂的文化十分敬仰，每次从中国回来都感到内心莫大的充实。这充分反映了卢森堡人民对中国人民深厚的友谊和情感。

第四届中欧文化对话是在卢森堡的新明斯特文化中心召开的。这里是卢森堡大峡谷风景绝佳的地段，就在宪法广场附近。峡谷两边的坡地上古木参天，周围有很多古堡和历史建筑，一条小河从谷底缓缓流过。金秋十月，层

• 在第四届中欧文化论坛开幕式上。（左起：作者，卢森堡文化部长，欧盟文化中心主任、原比利时文化部长）

• 作者与卢森堡前首相亲切握手

• 作者与卢森堡文化部长合影

林尽染，一些建筑物的尖顶直插云天，用风景如画来描写这儿是一点都不夸张的。这个文化中心据说是一座300年前的监狱改造而成的，如今成了人们向往的文化艺术殿堂。今天来自中国和欧洲各国的学者和艺术家们汇聚在这里进行对话、交流和讨论，正切合了当今世界和平与发展的美好愿景。这次会议有来自中国艺术研究院和中国一些大学的近40位学者、艺术家和文化企业家，还有来自欧盟各国的学者、艺术家和政府代表等80余位，三天的会议，就文化与城市可持续发展、艺术与金融、遗产保护、文化产业等主题进行对话与研讨，以达到加深交流、增进共识的目的。

森林与古堡

卢森堡被称为“森林之国”与“千堡之国”，我在会议开幕式的致词中说：“有趣的是，‘卢森堡’这个中文译名恰好就概括了这两个特色。”有些翻译得好的地名真是妙不可言，“卢森堡”这个译名采用音译加意译的办法，用“森”和“堡”这两个词准确地概括了这个国家的两大特点，让人产生联想，一下子就在眼前浮现出这个国家的形象，可以说是最经典的译名。再如英国的“泰晤士河”，我总是莫名其妙地觉得这个译名具有十足的英国

• 作者接受中央电视台驻欧洲记者采访

绅士派头，赋予了这条河流优雅、悠闲、浪漫的情感色彩，可谓传神至极。

卢森堡位于欧洲西北部，东邻德国，南毗法国，西部和北部与比利时接壤。国土面积不大，只有2500多平方公里。北高南低，地势平缓，北部阿登高原为大片林区，南部为古特兰平原，十分之七的国土面积为森林所覆盖，称之为“森林之国”名副其实。

会议结束之后，我们驱车前往北部去参观卢森堡最美的古堡维安登城堡。离开卢森堡市区，一直向北进发，大约一个半小时的车程，我们差不多穿越了大半个卢森堡。一路所见除了一些田园牧歌式的乡村小镇，就是大片大片的森林。这些森林远近错落有致，好像修剪过一般，精致而秀丽，简直是仙境般的世外桃园。当我们来到此行的终点维安登城堡，远远地望去，这座美丽的古堡就掩映在一片茂密的森林之中。

维安登城堡是以公元4世纪罗马时代的一个要塞为基础，在11—13世纪扩建而成，是中世纪时欧洲非常著名的城堡。城堡最早属于维安登伯爵家族，从城堡的规模上就能看出当时他们家族的势力是非常之大的。到了1264年维安登转给卢森堡伯爵，1417年又转给拿骚家族。拿骚家族后来成了荷兰的皇室，势力向西方发展，从此就不再是伯爵的行宫了。城堡年久失修成了残垣断壁，1977年归卢森堡国家所有，之后改成了博物馆对外开放。城堡经过修

• 古城秋色

• 卢森堡文化中心，第四届中欧文化论坛就在这里举行

缮后，复原了当时维安登伯爵的生活场景，也有巨幅壁画记录了那时候伯爵邀请欧洲许多王公贵族在此避暑和聚会的奢华景象，还陈列了盔甲、长矛等古代兵器。我们在这里还看到了钱其琛副总理到此访问的照片。另外，据记载大文豪雨果曾三次流放到此，他的不朽巨著《悲惨世界》就是在这里完成的。如今，山下的小镇上还有雨果的纪念馆，因为时间关系我们就来不及拜访了。

当然，卢森堡最有名的风景还是卢森堡市内的大峡谷。大峡谷为东西走向，宽约100米，深约60米，将卢森堡市自然地分成南北、新老两个城区。卢森堡大峡谷宪法广场是观赏大峡谷及其两岸风光的最佳地点。我们下榻的宾馆就在宪法广场旁边，推开窗户就能看到象征着卢森堡人民自由和抵抗精神、纪念在第一次世界大战中丧生的英雄纪念碑。纪念碑顶上的女神像“小金人”，2010年还曾来到上海，在世博会卢森堡展馆展出。从宪法广场顺着古老的石阶拾级而下，就能来到峡谷的谷底。这里林木繁茂、流水淙淙，是游人们流连和休憩的好地方。而两岸的悬崖上则是坚固的城堡和防御体系，因为卢森堡处于德、法要道，地势险要，历史上一直是西欧重要的军事要塞。这里曾有过三道护城墙、数十座坚固的城堡、20多公里长的地道和暗堡，后人将其与欧洲伊比得亚半岛南端扼大西洋和地中海咽喉、战略地位十

• 战争纪念碑，碑顶上的“小金人”于2010年曾在上海世博会卢森堡馆展出

分重要的直布罗陀相比拟，誉之为“北方的直布罗陀”。如今，这些都被联合国教科文组织列为“世界文化遗产”，成了人们凭吊历史和观赏遗迹的胜地。

富裕而安宁的国家

卢森堡的全称是“卢森堡大公国”，它是欧洲唯一仅存的大公国。所谓“大公国”，与我国春秋战国时代的诸侯分封颇相类似，是欧洲中世纪封建割据的产物。1815年荷兰成为独立王国，卢森堡为其大公国，属于荷兰王国的一部分，荷兰国王威廉一世兼任卢森堡大公。直到1890年，威廉三世驾崩后，并没有留下男嗣，由于卢森堡采用萨利克继承法，而荷兰并没有采用该法，因此荷兰王位传给威廉三世的独生女，是为威廉明娜女王，而卢森堡大公的位子传给远房的表弟阿道夫，成为第四任的卢森堡大公。现今卢森堡的元首是亨利大公，出生于1955年，2000年10月正式即位。大公采用世袭制，名义上掌握国家最高权力，但实际上与欧洲一些君主立宪制国家一样，女王和大公只是享有某种象征意义，卢森堡已经是完全独立和成熟的资本主义国家。

卢森堡的国土面积不大，人口也很少，只有50多万。但是，他们的人均收入水平排名世界第一，人民生活水平高，失业率低，人均寿命80岁。我曾经问过会上一位华裔的工作人员，卢森堡人的工资大约是法国人的2.5倍。首都卢森堡市是世界最安全和生活水平最高的城市之一，到处充满着和平安宁与文明祥和的景象。这里也是世界著名的旅游城市，风光秀美，空气清新，整座城市就像一个大花园。同行的一位《光明日报》记者，会余时间几乎逛遍了卢森堡市的所有公园和名胜古迹，拍下了两万多张照片。

那究竟是什么支撑着这个国家呢？钢铁、金融和电讯是卢森堡的三大经济支柱。19世纪末20世纪初卢森堡经济迅速发展，尤其是冶铁炼钢业成了龙头产业，成为发达的工业国家。创建于1882年的阿尔贝德钢铁公司，不断发展壮大和兼并重组，形成钢铁巨鳄阿塞洛尔集团，现为世界第一大钢铁集团，钢铁产量占全球8%，年销售额达780亿美元。当然，他们的工厂分布于世界各地，在60多个国家设有分支机构，总部在卢森堡市。卢森堡金融业非常发达，银行林立，是全球最大的金融中心之一，也是欧元区内最重要的私人银行中心及全球第二大仅次于美国的投资信托中心。卢森堡国家储蓄银行成立于1856年，总资产413亿欧元；卢森堡通用银行成立于1919年，总资产369亿欧元；此外，还有成立于1856年的卢森堡国际银行和成立于1949年的卢森堡信贷银行。这些银行在国际金融界都享有良好的信誉。随着现代科学技术的发展，电讯业逐步成为卢森堡新兴的支柱产业。成立于1985年的欧洲卫星公司，总部设在卢森堡。该公司通过运营通讯卫星系统为客户提供电视、广播和多媒体直接到户的信息传送服务，1.22亿欧洲家庭可接收该公司卫星转播的2400套电视、电台节目。该公司目前拥有卫星数量40颗，居欧洲首位、世界第二。

• 在中国驻卢森堡大使馆合影，前排右二为临时代办陈亚欧女士

在使馆做客

第四届中欧文化对话从筹备到召开，自始至终都得到我驻卢森堡大使馆的支持和帮助。会议召开期间，曾宪柒大使正好回国度假了，临时代办陈亚欧女士全程与会，并在会议结束后邀请部分中方代表到使馆做客。

我驻卢森堡使馆位于卢森堡市的北区，在一座小山的山脚下，溪水从旁边流过，一道拦壩形成一个人工湖，湖面上倒映着山上茂密的森林，几只天鹅和水鸟在悠闲地游嬉，划出一道道涟漪，倒映的山形和树木也随之变形消散。据说，这里曾经是一位钢铁大亨的私家花园，中卢两国建交后，被我国政府购买并加修缮便成了使馆官邸。官邸正门上方悬挂着中华人民共和国国徽，院子草坪旗杆上鲜艳的五星红旗迎风飘扬。我们来到使馆，真有一种回家的感觉，大家在国徽下合影，也拍了不少使馆的美丽风光。

临时代办陈亚欧女士用美味的中餐宴请我们，让我们一饱口腹。连日来好客的东道主专门从法国请来大厨，法国大餐虽然做得很地道，但总还是没有咱们的中餐可口。我们一面享用美餐，一面回忆这几天会议的情景，总结会议的收获。陈亚欧女士对这次会议给予很高评价，她认为这样高层次的对话，对于加深中欧相互了解，促进彼此友好交往和合作，将会产生深远的影响。文化对话是心灵的沟通，文化外交是外交工作的重要方面，她希望中欧文化对话越办越好。

（原载《中华文化画报》2014年第9期）

在哥德堡吃『200年前』的饭

『哥德号』船模揭幕仪式那天的午餐，全部是按照『哥德号』档案中保留下来的菜谱做成的。天哪，这岂不等于吃了一顿200年前的饭吗？

北欧行

北欧的雪

第二天一早醒来，斯德哥尔摩也变戏法似的成了银装素裹的世界。半个夜晚便下了足有5公分厚的雪，真是让人惊喜不已。我们住在使馆商务处招待所，院子里有青松翠柏、红墙绿瓦，在白雪的映照下格外壮美。

访安徒生故居

安徒生是丹麦的骄傲。在丹麦，随时随地都能感受到丹麦人民对自己这位优秀儿子、举世闻名的童话作家深深的喜爱和敬仰之情。

斯德哥尔摩散记

斯德哥尔摩位于瑞典的东海岸，濒临波罗的海，自然风光秀丽，文化底蕴深厚，是著名的旅游胜地，也是一座历史文化名城。这里自公元13世纪就成为瑞典的首都，如今有众多国际机构和著名大学，是诺贝尔奖产生和颁奖的地方，因而显得既古老又现代。

• 1998年3月，联合国教科文组织国际会议在瑞典召开，图为大会主席台

北欧的雪

4月初的北欧还是一派冬天的景象。

森林还没有苏醒，枝头光秃秃的，尽管林间也杂有绿色，但那是常青的松杉。不过仔细观察，也能看到一些不知名的灌木已冒出了新芽。在丹麦去安徒生故乡欧登塞的途中，我们在汽车加油站等候轮渡的时候，竟然发现露天的长椅底下长出了一丛幽蓝色的小花，透出一丝春的信息。但当我们抵达瑞典斯德哥尔摩时，大街上人们还裹着冬衣，天空时不时飘下几片雪花，也许是这里的纬度更高一些的缘故。

我们在瑞典斯德哥尔摩参加一个国际会议，会议结束后再去瑞典西南海岸的港口城市哥德堡。4月3日下午6点，我们乘坐2000年号高速火车，从斯德哥尔摩出发。夕阳透进车窗，暖融融的，我们一路尽情地欣赏窗外的风光——大片的森林和镶嵌在林间的城镇。大约傍晚时分，车窗外突然飘起了雪花，渐渐地雪越下越大，火车靠站时，借助站台上的灯光，看到地面已洒满了薄薄的一层白雪。

从斯德哥尔摩到哥德堡大约五六百公里，高速火车3个小时便能抵达。晚上9点多钟，火车准点到达哥德堡火车站。我们从车上下来，只见站台外面白茫茫的一片，寒风呼啸，大雪飞扬，与3小时前离开的斯德哥尔摩那阳光明媚的景象相比，简直是另一个世界。

赶来车站迎接我们的我国驻哥德堡总领事老谈他们早已等候在那里，他告知，给我们预定的旅馆就在车站附近，步行5分钟即到。老谈给我们每人准备了一把雨伞，我们撑开伞，顶着风雪，向旅馆走去。由于雪太大，伞撑了一会儿就感觉很沉，不得不抖一抖，一共5分钟的路程，竟这样抖了好几次。

到了旅馆，安顿下来之后，我便拉上同行的老李去观赏这雪夜的景色。

由于夜已较深，加上大风雪，街上的行人很少，狂风裹着飞雪漫天飞舞，在五彩斑斓闪烁不定的霓虹灯的映照下，天幕上显出一幅幅奇异的图画。在灯光较暗处，只见雪片一个劲地、似乎是永不竭止地往地面上倾泻。

记得小时候在南方老家，每到冬天下雪时，总盼望痛痛快快下个几天几夜，可老天爷总是那么吝啬，一会儿下，一会儿停，一会儿大，一会儿小，好像故意要和我们作对似的。来到北京工作以后，满以为在北方能够领略大雪的风采，可十多年过去了，并没有见过一场像样的大雪。而这北欧的雪，真是大大地满足了我的欲望。我们在哥德堡市差不多呆了一整天，这大雪就整整下了24个小时。不停地下，永远不停地下，一会儿也不间断，一点儿也不变小，给人以万世不竭的强劲之势。据谈总领事讲，前年冬天的一场雪，连续下了五天五夜，把小汽车都掩盖了。这才叫雪，北欧的雪！

第二天早晨，我们在旅馆用完早餐，隔着玻璃看见天井里露天摆放的乳白色塑料餐桌和椅子上，已积了足有半尺多厚的雪，晶莹玉洁，活脱脱一幅静物画。吃过早饭，我们便开始了一天紧张的活动：参观歌剧院、艺术博物馆，出席哥德堡市副市长等参加的“哥德号”船模揭幕仪式，以及参观造船厂等。大雪并没有影响我们的日程，而且平添了另一番景致和情趣。我们参观的歌剧院濒海而建，1992年落成，远看像一艘将要启航的巨轮，又像一架巨大的钢琴。大雪使得海天一色，更显出歌剧院的雄姿。我们参加艺术博物馆，前任瑞典驻中国大使馆文化参赞亲自为我们讲解。他说，今天因为下雪，来参观的人少了，不像平时那么拥挤，可以尽情地欣赏。看来，我们还沾了下雪的光。

当日下午5点多，我们依然乘坐高速火车离开哥德堡返回斯德哥尔摩。火车在雪原中穿行，车窗外仍纷纷扬扬下个不止。当火车行驶到差不多两个城市距离相等的中间地带时，雪渐渐地越来越少，直至没有。夜晚10点多（也许因为大雪，晚点了1个多小时）抵达斯德哥尔摩时，地面上干干净净，一点

• 作者于下雪前后在中国驻瑞典使馆商务处同一地点拍摄的两张照片

儿雪也没有。

然而，第二天一早醒来，斯德哥尔摩也变戏法似的成了银装素裹的世界。半个夜晚便下了足有5公分厚的雪，真是让人惊喜不已。我们住在使馆商务处招待所，院子里有青松翠柏、红墙绿瓦，在白雪的映照下格外壮美。我们一边踏雪，一边照了不少雪景的照片。

就在这天中午，我们告别了一派北国风光的斯德哥尔摩（大雪并没有影响航班）。迎着纷飞的大雪，波音747昂首展翅，直冲云霄，载着我们飞返早已春深似海的北京。

（原载《上海文化报》2000年6月2日）

访安徒生故居

安徒生是丹麦的骄傲。在丹麦，随时随地都能感受到丹麦人民对自己这位优秀儿子、举世闻名的童话作家深深的喜爱和敬仰之情。

我们在哥本哈根下榻的亚历山大饭店就坐落在安徒生大街上，这是该市中心最有名的一条大街，即以安徒生的名字命名。饭店对面是一个广场，广场的一侧是哥本哈根市政厅，在市政厅临街的便道上就有一尊安徒生的铜像，过往的行人和广场上闲步的人们到了铜像前都要驻足凝视或摄影留念。大名鼎鼎的美人鱼铜雕几乎成了丹麦的象征，虽然屡遭劫难，多次被人用电锯切割，但每次能逢凶化吉，失而复得。我们去丹麦之前，正逢美人鱼的头部被锯，舆论一时闹得沸沸扬扬。但是当我们来到哥本哈根东部海湾，看到的却还是完完整整端坐在巨石之上的美人鱼。据说窃贼迫于舆论压力不得不将锯掉的美人鱼头悄悄送回，否则美人鱼岂不成了断头的“维纳斯”。

来到丹麦的第二天，我们就专程去拜访了安徒生的故居。

安徒生的故居在一个被称为“欧登塞”的岛上，距离哥本哈根有200多公里。这里虽然称岛，却不是一般的小海岛，而是作为岛国的丹麦三大岛屿之一，实际上是一座不小的城市。进城之后，我们使馆的司机路不太熟，便停下来向一位开车的老者问路。走着走着又走错了，这位老者从后面追上来，干脆在前面给我们带路，一直把我们送到安徒生故居博物馆的停车场。

安徒生故居博物馆是在安徒生故居的基础上建成的。进门有一圆形穹顶大厅，上面绘有8幅反映安徒生生平主要事迹的巨幅画像，形象地描绘了他从一个鞋匠的儿子成长为一名伟大的童话作家的传奇人生。安徒生于1805年出生在一个鞋匠家庭，从小就帮助家里干活，博物馆中还陈列着安徒生使用过的做鞋工具。11岁时父亲病故，家庭十分贫困，他只好到一家呢绒铺当学徒。少年时代的安徒生富于幻想，爱好音乐和表演，希望成为一名艺术家。他14岁只身来到哥本哈根，先在皇家歌剧院当一名小配角演员，因为坏了嗓子而被解雇。后来历尽艰辛，发愤写作，陆续发表作品。1829年进入哥本哈根大学学习逐步进入上流社会，他的非凡才华得到当时社会名流乃至皇家的重视。

安徒生一生写下了大量的诗歌、戏剧、小说和游记，而最著名的是他的童话。他的168篇童话作品被译成80多种文字在世界各地广为流传，受到各国人民的热爱和赞誉。讲解员给我们做了详细的介绍，结束的时候不无自豪地说，安徒生是属于全世界的，属于全世界的儿童朋友们的！

据博物馆的工作人员介绍，安徒生故居曾经遭受过火灾，因此作家的手稿及其他遗物已经极为稀少了，馆内各展室陈列的绝大多数是仿制品。但是，我们目睹这些展品，仍能触摸到安徒生为社会底层的平民百姓鸣不平的一颗正义而善良之心，仍能激发起对这位伟大作家深深的敬意和怀念。

最后一个展室是安徒生作品的陈列室，这里收藏和汇集了世界各国各种

• 著名的美人鱼铜像

语言和不同版本的安徒生作品。我们最先注意到汉语译本，排满了整整一个书架，我国出版的各种安徒生读物几乎应有尽有，连我们小时候读的连环画都能找到，真令我们惊喜不已。环顾展室，各种语言文字、大大小小、花花绿绿的书籍，成了安徒生作品的宝库。突然，我的眼前仿佛出现了一个五彩缤纷、瑰丽非凡的童话世界，不同民族、不同肤色、不同年龄的人们在这里遨游，在这里观赏，在这里汲取。至此，我们才真正体会到前面讲解员所说的那句话的确切含义：安徒生属于全世界，属于全人类。

（原载《深圳特区报》2000年6月25日）

• 位于哥本哈根市政厅附近的街道旁的安徒生塑像

斯德哥尔摩散记

斯德哥尔摩位于瑞典的东海岸，濒临波罗的海，自然风光秀丽，文化底蕴深厚，是著名的旅游胜地，也是一座历史文化名城。这里自公元13世纪就成为瑞典的首都，如今有众多国际机构和著名大学，是诺贝尔奖产生和颁奖的地方，因而显得既古老又现代。1998年三四月间，因参加联合国教科文组织"文化促进发展"政府间会议，有机会领略了这座城市的丰采。

忙碌的国际会议

第二次世界大战结束以来的半个多世纪，世界范围内没有爆发大规模的军事冲突和战争，虽然局部战争不断，但总体上说，当今世界的主题是和平与发展。各国经济持续、稳定、快速发展，这样一方面刺激了文化的消费和繁荣，促进了文化产业在世界范围内的迅速发展；另一方面也引起了思想家和政治家对文化问题的关注，也就是对文化的价值、作用及其战略意义的深刻认识和高度重视。联合国教科文组在这方面发挥了重要作用，十分重视文

• 大海与岛屿

化在社会发展中的地位和价值，并从理念到行动进行积极倡导和大力推动。1991年，教科文组织发起成立了以联合国前秘书长佩雷斯·德奎利亚尔为首的世界文化和发展委员会，着手研究文化与发展的关系。随后邀请了10多个西方国家的20多位专家学者用了三年时间完成了第一部世界文化发展报告。1995年，这部题为《我们的创造性的多样性》的报告正式发布，在报告中提出了这样的命题："把文化置于发展的中心位置。"这是一个新的发展理念。为落实该报告提出的相关建议，1998年3月30日—4月2日，教科文组织与瑞典政府合作在斯德哥尔摩召开了这次"文化促进发展"政府间会议。

这是教科文组织继1982年墨西哥城文化政策会议以来，讨论文化问题规模最大的一次政府间会议。149个国家的政府、22个国际政府间组织、100多个非政府组织、基金会、自愿组织和其他民间协会单位派出代表与许多艺术家、学者和专家一起参加了会议，与会人员达2400余人。我国政府也组派了以文化部副部长李源潮为团长、驻瑞典大使乔宗淮和驻教科文组织特使张崇礼为副团长的高规格代表团参加这次会议。代表团成员共有16位，除了文化部的官员，还有中国社会科学院和中国艺术研究院等单位的专家学者。我当时担任文化部研究室主任，与外联局国际处的同志是最忙碌的。会前要准备相关会议材料，研究教科文组织提交大会讨论的文件。会议期间，我们除了开会、发言、讨论之外，还要收集各分会场的主要内容向团长报告，还要安排团长与别国团长或专家会谈，还要综述会议情况向国内汇报，还要与教科文组织交涉文件条款修改意见，以及中国政府对有关问题的立场和态度，等等，真是忙得不亦乐乎。这次会议对文化多样性、文化与发展的关系、文化权利、国际文化合作等问题进行了广泛讨论，通过了《文化政策促进发展行动计划》。这份文件的草稿会前发到各国征求意见，其中有这样一句话："人类社会发展的终极目标便是文化的繁荣"，后来因为各国代表意见不一，在正式文本中这句话被删去了。这也是一个非常重要的理念，遗憾的是未能得到通过，但同样对世界和世界文化发展产生了积极影响。

博物馆之城

会议期间我们根本顾不上这座城市是什么模样，因此会后专门安排了一天游览观光。斯德哥尔摩整个市区分布在14座岛屿和一个半岛上，70余座桥梁将这些岛屿连为一体，因此享有“北方威尼斯”的美誉。这些大小岛屿上分布着100多家博物馆，如北欧博物馆、国家博物馆、米勒斯雕塑博物馆、沉船博物馆、建筑博物馆，等等。著名的斯堪森露天博物馆，其中有所谓博物馆中的博物馆，如邮电博物馆、烟草博物馆等都集中在这座博物馆内。我们说斯德哥尔摩是一座博物馆之城，是毫不夸张的。

因为时间紧迫，我们只选择了参观东方博物馆和沉船博物馆。东方博物馆位于老城皇宫的湖对岸，与国家博物馆、现当代美术馆和皇家艺术学院为邻。该馆收藏了中国、韩国、日本、印度以及东南亚的大量文物。在整个欧洲，这座作为收藏亚洲文物和艺术珍品的专门博物馆名气很大，仅次于英国的大英博物馆和法国的集美博物馆。博物馆创立于1926年，首任馆长是瑞典考古学家安特生。他对中国现代考古学作出过重要贡献，曾帮助发掘了北京山顶洞人的头骨，又

• 作者身后是著名的斯德哥尔摩市政厅，一年一度的诺贝尔奖晚宴就在这里举行

• 东方博物馆内陈列的瑞典汉学家高本汉的塑像

被称为“仰韶文化之父”。第二任馆长是瑞典汉学家高本汉。当时的馆长是一位老太太，她在台湾读的博士学位，汉语讲得非常流利。后来，我在中欧文化论坛上又认识了该馆中国部研究员司汉博士，他在这里成功地策划了中国秦始皇兵马俑展，观众人数打破了瑞典展览的历史纪录，轰动一时，这是后话。参观这座东方博物馆，给我留下印象最深的是彩陶和字画。我在国内的博物馆从未见过如此精美绝伦的彩陶，不仅颜色鲜艳，器形完美，而且由小到大排成系列，不知是否是当年由安特生从河南、青海等地的发掘中精心挑选而来。这里收藏的我国明清字画也令人惊叹，许多大家包括吴门四家、扬州八怪、八大山人等的精品佳作，即使在国内也难得一见。

沉船博物馆是专为一艘17世纪的古战船而建立的博物馆。这艘古战船名叫“瓦萨号”，是奉瑞典国王古斯塔夫二世的旨意于1625年开始建造的。这艘战船本来是单层炮舰，可是，国王得知当时的海上强敌丹麦已拥有双层炮舰，便不顾当时本国的技术条件，下令把炮舰改造为双层。1628年8月10日，斯德哥尔摩海湾风和日丽，一艘旌旗招展、威武壮观的大型战舰，在岸上人群的一片欢呼声中扬帆启航。不料刚行驶1000多米，一阵微风吹来，“瓦萨号”战舰摇晃了几下，竟立即连人带船沉入 30 多米深的海底。直到1959 年，有关方面着手进行打捞，两年后这艘在水底沉睡了300多年的战船才重新露出水面，并在沉船附近和船体内部找到了大批极为珍贵的物品。1964 年，在打捞沉船的现场建起了一座颇具规模的水上博物馆，并正式开放。为了便于游人就近参观，又能妥善地保护文物，博物馆的设计者根据舰船本身的布局，沿船体四角设了双层看台，除去支撑船体的下部吃水部位外，观众一走进馆内，即可看到舰船底层的内部设施；登上一层楼后，在高台走廊上，可将船上的景物一览无余。这是一艘共有 5 层甲板的军舰，上面有 64 门大炮。第一斜桅下蹲着1具巨大的金狮塑像，船尾龙骨有 6 层普通楼房那么高，船上精心雕刻有700 多件雕塑品，简直可以和瑞典皇家宫殿媲美。

“瓦萨号”战舰不仅是世界上被打捞起来的最古老和保存最完整的战舰，而且是一个巨大的艺术宝库，船上装饰的各种精美雕饰，表现了在 17世纪文艺复兴晚期影响下瑞典流行的巴洛克艺术风格。博物馆里还有放映厅及影像导览，帮助游客了解“瓦萨号”的构造和历史。

诺贝尔奖的魅力

大家知道，诺贝尔奖是世界上最具权威的奖项，它与瑞典和斯德哥尔摩这座城市有着紧密的联系。

斯德哥尔摩是瑞典杰出的化学家阿尔弗雷德·伯纳德·诺贝尔（Alfred Bernhard Nobel, 1833—1896）的家乡。诺贝尔不仅是化学家、工程师、发明家，他一生共获得技术发明专利355项，而且是企业家、实业家，在欧美等五大洲20个国家开设了约100家公司和工厂，积累了巨额财富。他在少年时代深受英国诗人雪莱的影响，并因此做过想当诗人的“雪莱梦”。同时，他虽然发明了炸药却始终热爱和平。所以，在他辞世之际立下了遗嘱：“请将我的财产变做基金，每年用这个基金的利息作为奖金，奖励那些在前一年为人类作出卓越贡献的人。”奖金分成五份：“一份奖给在物理界有最重大的发现或发明的人；一份奖给在化学上有最重大的发现或改进的人；一份奖给在医学和生理学界有最重大的发现的人；一份奖给在文学界创作出具有理想倾向的最佳作品的人；最后一份奖给为促进民族团结友好、取消或裁减常备军队以及为和平会议的组织和宣传尽到最大努力或作出最大贡献的人。”遗嘱还规定，物理奖和化学奖由斯德哥尔摩瑞典科学院颁发；医学和生理学奖由斯德哥尔摩卡罗琳医学院颁发；文学奖由斯德哥尔摩文学院颁发；和平奖由挪威议会选举产生的5人委员会颁发。（1968年，由瑞典国家银行提供资金，增设了诺贝尔经济学奖。）

• 作者摄于瑞典歌剧院一侧

根据他的这个遗嘱，从1901年开始，具有国际性的诺贝尔创立了，并于1901年12月10日即诺贝尔逝世5周年时首次颁发。自此以后，除因战时中断外，每年的这一天在瑞典首都斯德哥尔摩（和平奖在挪威首都奥斯陆颁发）举行隆重的颁奖仪式。诺贝尔奖的颁奖仪式都是下午举行，这是因为诺贝尔是1896年12月10日下午4点30分去世的。颁奖的地点是在斯德哥尔摩的音乐厅，这座被称为“距北极圈最近的神庙”，举行颁奖仪式时都要用鲜花装饰一新。瑞典王室主要成员、政要和各界名流出席。颁奖仪式在瑞典王室乐曲《国王之歌》中拉开帷幕，所有诺奖得主在隆重的音乐声中依次登上颁奖台。首先由诺贝尔基金会董事会主席致词，然后由各委员会主席发表授奖词，各位诺奖得主发表获奖感言，最后由瑞典国王亲自颁发获奖证书和金质奖章。颁奖仪式在瑞典国歌《古老而自由的北国》中落下帷幕。随后，包括获奖者及瑞典王室在内的千余名嘉宾移师市政厅，参加之后盛大的“诺奖晚宴”。正好我们这次会议的欢迎晚宴也是在市政厅举行的，因此得以一睹这里的真容。市政厅内有所谓 “蓝厅”和“金厅”，蓝厅是大宴会厅，金厅是休憩场所。每年12月10日，瑞典国王、王后与各方贵宾齐聚于此，为本年度的诺贝尔奖得主们举行隆重的晚宴。蓝厅两侧列柱间金碧辉煌的灯光和前方打下的蓝色光柱，映衬出精英云集的晚宴氛围，而金厅墙壁上镶嵌的巨幅壁画也金光灿灿，富丽堂皇。留下众多诺贝尔奖得主身影的市政厅也自然具有一种独特而高贵的气质。

诺贝尔奖是瑞典和斯德哥尔摩的荣耀，也是全人类的荣耀。

（原载《中华文化画报》2014年第10期）

在哥德堡吃“200年前”的饭

哥德堡是瑞典西南海岸的重要港口城市，与我国的上海市缔结为友好城市。

我们在哥德堡访问一天，除了参观歌剧院和博物馆，还有一项重要活动，就是参加“哥德堡号”船模的揭幕仪式并参观造船厂。

在“哥德堡号”船模揭幕仪式举行之前，我驻哥德堡领事馆总领事安排我们与哥德堡市副市长见了面。这位副市长是个中国通，他说到过中国40多次，与我们交换的名片上居然写着汉字——芮德凯。他原是市长，与上海缔结友好城市时，他与当时担任上海市市长的江泽民同时在签字仪式上签字。他还说，他与先后担任过上海市市长的朱镕基、吴邦国都是老朋友。两年前，由于政党更替，他所在的政党由执政党变成了在野党，他也就不得不屈尊担任第一副市长了。但是，他幽默地说，地位变了，与中国人民的友情不变。不当市长了，有更多的时间和机会到中国去。

“哥德堡号”船模揭幕仪式安排在一家饭店举行，时间是正午，仪式之后有午餐招待。出席仪式的，除了这位芮副市长，还有一位副省长，中国政府文化代表团作为特邀嘉宾出席。一个船模的揭幕仪式为何如此大动干戈，还特意邀请中国客人参加呢？这里有一段历史渊源必须交代。200多年前，“哥德堡号”轮船从哥德堡港口出发到达中国广州，往返经过30个月的漫长航行，在即将抵达哥德堡港口时，突然触礁沉没。200年后的今天，那艘沉船被打捞出来，清理出很多中国的瓷器、茶叶、首饰等货物。哥德堡市政府决定按原样造一艘新船，计划在2001年造成，直航友好城市上海。因此，才有这样隆重的仪式。在揭幕仪式上，中瑞双方嘉宾分别致辞，然后共同为船模揭幕，一艘长约3米的古老而精致的木船模型就展现在大家的面前。

隆重而简短的揭幕仪式结束后，全体嘉宾在饭店享用招待午餐。这顿午餐不仅十分丰盛，而且很对我的口味，是我这趟出国吃得最过瘾的一顿饭。我这个南方人在饭食方面顽固不化，虽说在北京生活了10多年，还是不爱吃馒头面条，吃西餐更是受洋罪，吃得最香的还是大米饭。这午餐上的米饭大大满足了我的欲望，不仅软硬适中可口，而且带有一种特殊的香味。吃着吃着，我居然在米饭中发现了大蒜。原来大蒜还可以用来做饭，我还是平生第一次领教。这种做法有何来历，当时我并没有特别在意。不过，这顿大蒜米饭以及其他中西合璧的美味佳肴，确实给我留下了深刻的印象。

揭幕仪式结束后，当天下午我们还参观了造船厂。造船厂的接待人员首先让我们参观“哥德堡号”展室。这里展示了有关“哥德堡号”的历史资料以及沉船中清理出来的实物。许多中国的瓷器、玉器、金银器等器物还光亮如新，茶叶泡出来的味道还清香如故。展室里还挂着多位中国领导人到这里

• 在“哥德堡号”复建现场留影（右一为作者）

参观的照片。随后，接待人员带领我们来到建造新“哥德堡号”的工地现场。巨大的造船车间里，新“哥德堡号”的龙骨已经成型，造船工人们一片忙碌。据接待人员介绍，这艘新的“哥德堡号”与200年前沉没的那艘老“哥德堡号”大小、外形完全一致，内部结构也大体相同，当然要配上新的动力装置和电脑等现代设施，往返中国一趟再也不可能花30个月的时间了。我想，等到新的“哥德号”竣工之日，它披红挂彩，乘风破浪，从哥德堡直航上海，这将是中国和瑞典两国人民友好交往的一件盛事。

大约时隔半年，芮德凯副市长果如其所言，又一次来到了中国。这次是我们作为东道主在北京饭店宴请他。席间，我带着念念不忘的大蒜米饭这个问题向他请教。出乎我意料的是，此法原是从中国出口，由200年前的船员带回瑞典，流传至今。据芮副市长讲，当年“哥德堡号”来到广州之后，在广州停泊了半年多。不仅采集了许多中国的货物，船员们也学到了不少中国的生活知识和技能，如烹饪等。大蒜与米饭一起做，就是船员们在广州近海一带向当地渔民学到的。渔民经常出海，而大蒜有消毒祛寒之功效，这对于长期在海上漂泊的船员来说，不啻是祖传秘方了。我不知道广东沿海居民现在是否还保持这样的习俗，但可以肯定这种做饭的方法是很有道理的。更令我吃惊的是，芮副市长还告诉我们，“哥德堡号”船模揭幕仪式那天的午餐，全部是按照“哥德堡号”档案中保留下来的菜谱做成的。天哪，这岂不等于吃了一顿200年前的饭吗？！

（原载《人民日报》2000年6月16日）

感悟越南音乐

一路上，我们一面听着司机阿滚给我们播放的越南音乐，一面饱览了越南中部地区秀美的风光。那平缓的地形，翠绿的山峦，清澈的河流，美丽的田畴，宁静的村庄，还有那身着长裙、娉娉婷婷的越南女子，不就是一首美妙动人的乐章吗？和缓悠扬的越南音乐，难道与这里富饶美丽的山川风物和勤劳勇敢的人民没有什么必然的联系吗？

战争之痛

这个战争证迹博物馆是利用一个旧建筑物改造而成的，院子里摆满了各式各样的武器，有飞机、坦克、大炮、机枪、炮弹、地雷、毒气弹、燃烧弹……室内展厅按照不同的主题，展示了大量的图片和实物，还有模拟美军关押杀害越南人民的现实场景。来到这里，就如同进入了一座人间地狱，如同来到了一个以人为对象的屠宰场，怎能不感到心惊肉跳、恐怖万分呢？

越南行

谒河内文庙

以孔孟学说和儒家思想为核心的中华文化对人类文明的演进起了巨大的推动作用，特别是对周边国家的影响，真可以说是无处不在，源远流长。河内文庙的存在，本身就是中华文化的结晶，也是最有力的说明。

烟雨风崖洞

越南东北角的『海上桂林』下龙湾，被联合国列入世界自然文化遗产清单之后，名声大振，游者如云。而位于中部的风崖洞景区，则是越南内陆地区另一处『克隆』的桂林山水，却似乎『长在深闺人未识』。

顺化访古

据说，这里是越南外国人最多的旅游城市，大街小巷和旅游景点到处都可以看到金发碧眼的西方人，也有不少具有相同文化传统的东方人，操着不同汉语方言的中国人似乎也很多。毫无疑问，他们主要是来这里寻访历史文化古迹的。

• 2002年11月，作者率团参加越南文化通讯管理干部学院成立25周年庆祝活动时合影

谒河内文庙

河内的文庙名气很大，许多来越南访问的国家元首都要造访这里。近年来到文庙的就有江泽民、克林顿、普京等。我们这次访问越南，也有幸拜谒了文庙，虽然只有短短一个小时，总算到此匆匆一游。

那天下午，先是与越南文化通讯部会谈，接着拜访我驻越南大使馆文化处，当我们来到文庙的时候，已是薄暮时分了。我们几乎是最后一批游客，在陪同的越南文化通讯管理干部学院副院长范文光先生的引导下，参观了一些主要的景点，离开的时候天完全黑了下来。我们与文庙的管理人员握手话别的时候，范院长告诉我早已超过了闭馆的时间，是文化通讯部给他们打了招呼，专门为我们推迟了关门的时间，顿时让我们感到受宠若惊，向管理人员再三致谢。

身着红衣的孔子像

凡是文庙都供奉着孔子的牌位和塑像，而且必定置于最显著、最重要的殿堂和位置。河内文庙的最后一重大殿名曰圣殿，亦称大拜堂，在康熙御书的“万世师表”牌匾下面，供有一尊高大的孔子雕像，左右两侧还配祀有几尊较小的，都是孔子的学生和孔子思想的继承人，左侧是颜渊和子路，右侧是子思和亚圣孟子。这尊孔子像不知是什么年代雕塑的，不仅其高大是我到过的文庙中所仅见的，尤其是那紫红色长袍更是前所未见，特别引人注目。再仔细端详面部表情：谦恭、慈祥、智慧、深邃，确实是我们心目中的孔子。这尊孔子像，既不像吴道子笔下的孔子那么飘逸，也不像一般高颏垂耳的所谓“头上有丘”之类的老寿星，更不是瘦骨嶙峋满脸愁云的一介寒儒，而是一位似乎曾

• 在河内文庙参观

经在哪儿见过的十分真实的可亲可敬的长者。我们在孔子像前叩首行礼，并照相留念。

一路上，身着红衣的孔子像始终在我的脑际萦回。红色是喜庆和兴旺的象征，一个民族只有兴文重教才有希望和前途。我不知道这样的解释是否符合雕塑者的用心和寓意，是否能够体现这尊雕像所蕴含的美学意义。据我们在越南的所见所闻，深感越南如同中华民族一样，在孔子和儒家思想的影响下，也十分注重文教。我们与越南文化通讯部的同志交流，得知越南的文化经费已超过国家财政总支出的1%，远远高出我国的比例。越南的教师节是11月20日，我们在越期间正赶上教师节的前夕，能够感受到浓浓的教师节的气氛，电视里播出的大多是关于教育和教师的节目。越南的同志告诉我们，教师节这一天，不仅学生要穿节日盛装，连家长也是如此。这样尊师重教，与文庙的符号意义是完全一致的。

进士题名碑

据《大越史记全书》记载，河内的文庙建于李朝圣宗皇帝神武二年，也就是公元1070年，至今已有900年的历史。文庙建立后不久，李朝仁宗皇帝下令在文庙旁边建了一座国子监，成为越南最早的高等学府，专门负责培养包括皇太子在内的王公大臣们的子弟，以及全国各地选送的生员。国子监后又改名为太学堂，几百年来，这里为国家培养了大批的人才。现在太学堂与文庙已合为一体，是文庙中最大的建筑，国家一些重大的庆典和文化活动仍在这里举行。

文庙作为越南历代王朝崇文尊贤最有力的见证，便是这里的82块进士题名碑。这82块进士碑记录了自公元1484年至1779年黎朝的最后一次科举考试将近300年间的82届科举考试中的1036位进士的姓名和籍贯。我们面对这一片保存完好的碑林，真是感慨万端。这些进士题名碑与北京国子监的进士题名碑几乎一模一样，每一块碑都雕刻得十分精致，一只只活灵活现的石龟昂着头，驮载着这些碑，碑上进士们的名字，张氏、李氏、阮氏、范氏……他们的字号、籍里，全都用汉字镌刻。我国历代科举考试考中的进士何止万千，而进士题名碑，经过"文革"的风雨，仅剩下北京国子监内的一些残碑了。

中华文化源远流长

以孔孟学说和儒家思想为核心的中华文化对人类文明的演进起了巨大的推动作用，特别是对周边国家的影响，真可以说是无处不在，源远流长。河内文庙的存在，本身就是中华文化的结晶，也是最有力的说明。无论是进门的牌楼，还是大殿的斗拱；无论是随处可见的楹联，还是室内陈设的器物，26000多平方米的文庙建筑，无处不渗透着中华文化的气息。

有学者把我国周边国家以至东南亚一些使用汉字或曾经使用过汉字的国家称为"汉字文化圈"，这些国家包括日本、朝鲜、韩国、越南、泰国、新加坡、马来西亚等。这些国家都是深受中华文化影响的邻邦，一个共同的标志，就是使用汉字。这些国家虽然大都有自己的语言，但历史上都曾采用汉

• 参加越南文化通讯管理干部学院成立25周年庆祝活动

字作为通用文书和进行文化交流。日本至今仍然是汉字与假名混用，当用汉字还有1000多个。朝鲜、韩国、越南等国先后进行了文字改革，如今已不再使用汉字，但汉字留下来的历史文化遗迹比比皆是。

在越南像文庙这样的文化遗迹到处都有。河内的街区不时可以看到飞檐画栋、古色古香的建筑，上书“某某宗祠”，并有楹联、碑刻以及供奉的祖先牌位等，这些都是各姓的祠堂。据说，越南各地的很多寺庙实行文字改革之后，一度曾把寺庙中汉字书写的楹联铲掉，改用新式拼音文字。但老百姓接受不了，甚至说连庙中的神和佛都不灵验了，于是又不得不重新改回来。

诚然，这些国家和民族也丰富和发展了中华文化，并创造了各具特色的属于自己的文化和传统，形成了文化的多样性、丰富性和复杂性。河内文庙，可以说是这样一个人类文化发展规律最具代表性的例证，是这一规律最集中、最典型、最生动的体现与说明。

（原载《中国文物报》2003年2月19日）

烟雨风崖洞

越南东北角的“海上桂林”下龙湾，被联合国列入世界自然文化遗产清单之后，名声大振，游者如云。而位于中部的风崖洞景区，则是越南内陆地区另一处“克隆”的桂林山水，却似乎“长在深闺人未识”，来这里的游人较少，显得有些冷清。不过，听说这里也将被列入世界自然遗产，估计很快也就成为旅游热点了。

当地政府也在积极地为此做准备，我们去风崖洞的途中，有好几处路段在加宽、拉直，完善各种基础设施。搞旅游开发往往都能带来丰厚的经济回报，因此政府和开发商都不遗余力。我想，过不了多久这里的旅游业一旦旺盛起来，必定会带动当地经济的发展。

我们去风崖洞是一个烟雨溟濛的日子。一路上，青山如黛，田畴如画，隔着雨丝，远远地望去，似乎还有身着蓑衣的农民跟随在水牛后面扶犁耕田，水塘里成群的鸭子在嬉戏……这田园诗一般的风景，仿佛把我们带回到那遥远的年代。

进入风崖洞风景区之后，我们一行七八个人租了一条小船，每人买了一件简易雨衣，便上了船。船家告诉我们，大约需要半个多小时才能到达风崖洞。

我们不知道这条河或者这条江叫什么名称，水面大概与漓江差不多，水深似乎还超过漓江，因为下雨，水是那种绿豆青的颜色，看不清到底有多深。水面上像我们这样专供游人乘坐的船只并不多，偶尔有渔家或者小孩驾

• 去风崖洞的那条河与漓江风光十分相似

• “海上桂林”——下龙湾

着船擦肩而过，都十分友好地和我们打招呼。

两岸的田野和村庄，特别是那些形状奇特的峰峦，几乎与桂林到阳朔那一段景观一模一样，大自然的造化，鬼斧神工，真是令人赞叹不已！那天的雨下得不小，两岸的山峰被云雾笼罩，若隐若现，其雄姿万种，不知是否也同桂林的山水一样，人们给她赋予了美丽而动听的名字？

大家为这里的山水所吸引和陶醉，谁也不在船舱里呆着，也顾不得雨水淋湿了衣衫，一个劲地忙着摄像和拍照，生怕错过了这如诗如画的景色。

到了风崖洞，船停泊在码头，我们便进洞去游览。其实，这风崖洞只不过是一个普通的溶洞，与下龙湾的两个溶洞并没有多大差别。再说在国内也看过不少类似的溶洞，像我老家江西彭泽的龙宫洞、辽宁本溪的水洞，等等。因此，洞内的景观并没引起我多大的兴趣，跟着大伙转了一圈而已。这倒可以套用欧阳修的一句名言：醉翁之意不在“洞”，在乎山水之间也。

游完风崖洞，我们仍然坐船返回。在船上，居然教会了一路陪同我们的越南翻译阿香小姐和越南文化通讯管理干部学院的刘碧红老师一首中国歌——《纤夫的爱》，大家兴致勃勃地拍打着船舷，唱着歌，兴尽而返。

（写于2003年1月）

顺化访古

顺化是越南中部的历史文化名城。这里北距河内600多公里，南距西贡1000多公里，西靠长山山脉，东临海滨，面积150平方公里，人口20余万。顺化古称“富春”，15世纪黎朝改名“顺化路”，19世纪法国入侵后改为“承天省顺化市”。

这是一座美丽的城市。清澈而平缓的香江从城区蜿蜒流过，街道上高大的热带树木青翠欲滴，不同风格的各式建筑物掩映在绿树丛中，到处鲜花盛开，身着长裙的顺化女子，婀娜多姿，款款动人。

傍晚时分，我们在香江边的水上餐厅用餐，一面品尝具有顺化地方特色的美食，一面观赏不远处被霓虹灯装饰得色彩斑斓的大桥，突然发现水面上几个小孩驾着一叶扁舟冲我们打招呼。我仔细一看，是四个大约四五岁的孩子，两男两女，他们驾的不是一条船，而是连在一起的两条舢板一样的小船，他们用小桨熟练地划着，简直就像老水手一般沉稳自如。孩子们用我们听不懂的话语与我们热情地“交谈”。我为眼前这充满童趣和天真的一幕而深深陶醉了！

这又是一座古老的城市。从公元17世纪以来，这里先后是越南旧阮、西山阮和新阮几个封建王朝的都城，号称三朝古都。留下了众多的历史文化古迹，其中如新阮王朝的故宫、嗣德皇帝陵墓等多处古迹被联合国教科文组织列入了世界文化遗产清单。

据说，这里是越南外国人最多的旅游城市，大街小巷和旅游景点到处都可以看到金发碧眼的西方人，也有不少具有相同文化传统的东方人，操着不同汉语方言的中国人似乎也很多。毫无疑问，他们主要是来这里寻访历史文化古迹的。

故 宫

• 顺化故宫内的龙椅

顺化故宫完全是北京故宫的翻版，只不过规模型制稍小一些罢了。顺化故宫也叫皇城，建于19世纪初，共建了27年，是新阮王朝的皇宫，也是越南至今保存较为完整的最大一片古建筑群。整个皇城东西南北四方的城墙每一方都有600多米长，大体呈正方形，而南北方向稍长。有四个门，南面是午门，为正门，也叫前门；北面是和平门，为后门；东面是显仁门；西面是彰德门。午门前有三座金水桥。午门实际上共有大小五个门，上有五凤楼，可以登临鸟瞰整个皇城。阮朝莅政时，午门只在庆典节日时才开放，其时皇帝御驾亲临，群臣皆下跪迎接。1945年8月30日，阮朝最后一个皇帝保大皇帝在午门正式宣布退位，把象征皇权的宝剑和玉玺交给临时政府的代表，标志着越南封建君主制度的最后废除。

午门后是太和殿，是皇城中最大的一座宫殿，由80根高大的雕龙朱漆木柱支撑。这里是皇帝召见文武百官的地方，殿前为清化石砌成的石台，分为两级，三品以上官员站在上一级，四至九品官员站在下一级。太和殿之后便是紫禁城。紫禁城南门之外，设有国子监、钦天监、吏部、户部、礼部、刑部、兵部，以及统率五军的都统府等。

紫禁城是皇帝及后妃、皇子居住的地方，这相当于北京故宫中的内廷部分，除宫女、太监，外人不得进入。紫禁城分为两部分，前面是皇帝平时处理政务的勤政殿，后面有皇帝居住的乾成殿，以及皇后居住的坤泰宫，皇太子居住的光明殿，其他后妃居住的顺辉院。另外，还有端顺院、端和院、端辉院、端庄院、端祥院5个院落，都是嫔妃宫女的住处。

在美国侵越战争期间，顺化故宫的许多建筑遭到了不同程度的破坏。据陪同我们参观的顺化文化厅的同志讲，这些被毁坏的建筑正在规划修复当中。

嗣德陵

顺化新阮王朝的陵墓也恰好与北京的明王陵墓数目相等，亦称“十三陵”。这些陵墓大都建在顺化城西十几公里处，每一处陵墓占据一两个山头，山上植有青松和各种树木。这一片陵墓群包括嘉隆陵、明命陵、绍治陵、嗣德陵、建福陵、同庆陵、启定陵等。我们只参观了最近的也是保存得最好的嗣德皇帝陵。

当我们来到嗣德陵陵园的门口时，抬头一望，门首上有“务谦门”三个大字。进去不久，便来到湖边的一处水榭，上书“冲谦榭”。嗣德陵有外三门、内六门，每道门上都有一个“谦”字，可以看出这位皇帝的品性。据说，阮朝历代皇帝当中，文治武功最为杰出的首推第二代皇帝明命皇帝；最有学问和才华的便是这位嗣德皇帝（第四代）。嗣德陵早在嗣德皇帝生前就建好了，这里依山傍水，有楼台亭榭，风景优

• 嗣德皇帝功德碑

美，令人流连忘返。嗣德皇帝生前经常到这里读书和避暑，甚至还到这里办公。嗣德皇帝一生留下了4000多首汉诗，导游告诉我们，很多诗就是在这里写成的，她认为这里是嗣德皇帝作诗激发灵感的源泉之一。

嗣德皇帝的陵墓建在一个山包上，是陵园的最高处。墓侧立有一块高大的石碑，上面记载了嗣德皇帝一生的业迹，我花了20多分钟才读完。这篇碑文，虽然免不了歌功颂德，但读后还是令人肃然起敬。墓前照例也有神路，两旁站立有文臣武将和石马石象等。100多年来，它们日日夜夜风风雨雨，忠实地守卫着长眠在这里的嗣德皇帝。

美女与美酒

顺化有两大特产：美女和美酒，并且这两大特产都和这里的历史文化有关。我们在顺化有两次比较正式的宴会，热情的主人都是用这里特产的美酒“明命汤”款待我们。在顺化文化厅招待我们的午宴上，这位幽默风趣的文化厅长介绍了“明命汤”的来历。他说，这种酒是阮朝最有作为的一个皇帝明命皇帝开发出来的一种滋补酒，并以他的帝号命名，历代相传，如今已成为这里的一大拳头产品。这种酒用糯米和多种名贵药材酿成，有滋阴壮阳之效。他特别介绍，有一句没有也不便写进产品说明书中但的确是十分绝妙的广告词：“一夜五交生六子。”明命皇帝生了100多个孩子，充分证明了它的效用。临别，厅长送给我们每人一瓶“明命汤”，要我们带回去试试，我说这可试不得，违反我们国家的计划生育政策。

顺化的美女也非常有名。越南文化通讯部在首都河内之外唯一设立的一所艺术大学就在顺化，我想也许与这里盛产美女不无关系。我们在这里看到的女孩子一个个水灵灵的，端庄秀丽，穿着她们的国服——长裙，腰间露出一小块白皙细嫩的肌肤，走起路来娉娉婷婷，轻盈飘逸的样子真是令人着迷。有人说过，凡是古都之地多出美女，如我国的西安、南京、杭州等城市就是这样。这似乎颇有道理。皇帝们要把全国的美女选来做后妃嫔媵，后宫佳丽三千，美女如云，遇上开明的皇帝，或是某位皇帝一时动了恻隐之心，下令放宫女们出宫，她们当中很多就在京城安家落户生儿育女了。遇上战乱或者改朝换代之时，甚至连后妃公主都保不准流落民间。这些美女们在民间生育繁衍，岂不就孳生出大量的美女来了吗，这似乎合乎优生学的原理。

当然，从根本上说，美女也好，美酒也罢，主要还是这一方水土的关系。古人有一首《游顺化》诗云：“赴京之道十八曲，山青水绿如画里。”的确，这里山清水秀，土地平旷，物产丰富，人情淳朴，之所以成为三朝古都，不是没有理由的。特别是美丽的香江，发源于长山山脉，一碧清流，滋润着两岸的沃野和村庄，也妆扮了繁华的都市。香江之所以得名，据说是因为上游长满了繁茂的石菖蒲，清澄的江水中，总是飘着淡淡的幽香。用这样的水酿造的美酒能不香醇吗！喝这样的水长大的姑娘能不漂亮吗！

川流不息的香江，你是历史的见证。你曾承载紫禁城内后妃和宫女们倾泄的胭脂水，你也曾承受法、日、美等侵略者倾泻的炸药弹。炮火与硝烟早已了无踪影，帝王后妃们也早已魂归九霄，只剩下宫阙和皇陵供后人凭吊。如今，古城顺化一派安宁祥和的景象，和平环境下的生活多么美好！

（原载《中国文物报》2003年3月19日）

感悟越南音乐

我不懂音乐，但是我对音乐的悟性似乎很有天份。小时候在老家，家乡的小曲，听人唱了一两遍，我就能随声附和。后来进了城，接触各种音乐多了，却对中国民乐情有独钟，许多古典名曲，我都能从头到尾哼出它的旋律。

这次我率领中央文化管理干部学院代表团到越南访问，对越南的音乐有所接触，有所感悟。总体而言，越南音乐舒缓、轻盈、细腻，节奏平缓，音调绵长，很少有高八度，给人以轻歌曼舞、其乐融融之感。

第一次接触越南音乐，是在越南文化通讯管理干部学院为我们代表团举行的专场晚会上。这台节目同时又是为他们学院成立25周年校庆所准备的，演得十分精彩。其中有他们自己创作的校歌，也有他们一位教师，也是一位

胡志明市街景

著名诗人专门为校庆创作的歌曲，感觉旋律很优美很动听。晚会上，热情的主人还演唱了《东方红》等中国歌曲，这当然是为了表达中越友好的情感。

晚会最令人难忘的节目是学员们表演的戏曲《铡美案》片段。我们虽然听不懂越南语，但熟悉的剧情，加之演员们动情的表演，我们完全可以看懂。那位扮演秦香莲的演员，唱着凄美哀婉的曲调，泪水涟涟，十分感人。我听着听着，突然觉得，他们的表演和曲调与我国广东的粤剧或潮剧极为相似。我不知道这二者之间有无什么关联，也不知道他们用越南语表演的这种戏曲形式叫什么剧种，但是我相信自己的感觉不会错。

几天后，我们乘学院的专车离开河内去顺化。从河内到顺化，全程800多公里。途中，我们在广平省住了一晚，还游览著名的风崖洞。我们整整花了两天时间，几乎穿越了越南中部地区。一路上，我们一面听着司机阿滚给我们播放的越南音乐，一面饱览了越南中部地区秀美的风光。那平缓的地形，翠绿的山峦，清澈的河流，美丽的田畴，宁静的村庄，还有那身着长裙、娉娉婷婷的越南女子，不就是一首美妙动人的乐章吗？和缓悠扬的越南音乐，难道与这里富饶美丽的山川风物和勤劳勇敢的人民没有什么必然的联系吗？

我们访越的最后一站是胡志明市。当我们刚刚在莲花宾馆安顿下来之后，翻译阿香小姐从河内打来电话，告诉我们看国家电视台的一个节目。我们急忙打开电视机，越南国家电视台一频道（相当于我国的中央电视台一频道）正在播放一个音乐专题节目。就是上面提到的越南文化通讯管理干部学院的那位教师兼诗人，他创作的歌曲制作了一个专题片。我们虽然听不懂歌曲的内容，但通过电视画面，可以感觉到这些歌曲既有歌颂越南大好河山和英雄人民的，也有纪念抵抗侵略战争方面的，但音乐的旋律却全都是那么舒缓、那么宁静、那么悠长。

那位诗人曾经是一位抗击美国侵略者的越南人民军战士。他的诗歌里不会没有对战争的控诉和咒诅，不会没有对侵略者的愤怒与仇恨，但赋之于音乐之后，为什么让人感觉不到这些呢？难道越南音乐里就没有激昂与

• 越南战争证迹博物馆院内祈望和平的宣传画

愤怒吗？当然不是的。七情六欲，世界上任何民族都有，只不过表现方式不同罢了。音乐亦是如此。一个饱受战火摧残的民族，尤其向往和平、热爱和平、珍惜和平。祈望和平与安宁，追求繁荣与发展，这不就是今日越南的主旋律吗？

这就是我——一个不懂音乐的人，对越南音乐的一点肤浅的理解和感悟。

（原载《光明日报》2003年3月19日）

战争之痛

——越南胡志明市战争证迹博物馆观感

连日来关于美伊冲突的报道铺天盖地，尽管联合国安理会以及包括我国在内的许多国家为争取和平解决争端而付出了巨大的努力，但战争仍然一触即发，海湾地区再一次被战争的乌云所笼罩。世界各地爆发了大规模的反战示威游行，人们呼吁和平，企望和平！人们反对战争，痛恨战争！因为战争带给人类的是灾难，是毁灭，是永远的伤痛！

我不禁想起了去年在越南胡志明市参观战争证迹博物馆时的情景。

初冬时节的越南，非但感觉不到一丝的寒意，却是夏日一般的火热。在南部的胡志明市，更是骄阳似火，暑热难当。我们参观完象征越南和平统一的独立宫之后，几乎每个人都是大汗淋漓了。接下来的项目是参观战争证迹博物馆，当我们面对眼前这一件件战争留下的实物和图片，顿时感到浑身发紧、发凉，感到毛骨悚然，甚至喘不过气来。

这个战争证迹博物馆是利用一个旧建筑物改造而成的，因陋就简，有五六间展室和一个较大和院子。院子里摆满了各式各样的武器，有飞机、坦克、大炮、机枪、炮弹、地雷、毒气弹、燃烧弹……室内展厅按照不同的主题，展示了大量的图片和实物，还有模拟美军关押杀害越南人民的现实场景。来到这里，就如同进入了一座人间地狱，如同来到了一个以人为对象的屠宰场，怎能不感到心惊肉跳，恐怖万分呢！

最令我难忘、最受刺激的，一是战争的惨烈场面，二是战后出生的畸形儿童。美军在越南犯下的罪恶，丝毫不亚于日本军国主义在中国犯下的滔天罪行。许多战地拍摄的照片，有刀剐活人，有侮辱妇女，有以刺刀杀人为戏，有以火烧活人取乐，那堆积如山的尸体，使人联想到南京大屠杀，制造

• 博物馆院内的越战罪证——美军的飞机枪炮等武器

战争的刽子手们哪有半点人性！由于美军在越战期间施放了大量的毒气弹，越南的妇女儿童深受其害。战后出生的许多婴儿都是畸形的，看到那些畸形儿童的照片，真是令人痛心疾首，以至不忍心在这里进行具体的描述。这些无辜的受害者，还有他们的父母和家庭，承受了多么巨大的痛苦和折磨！

战争不仅给越南人民带来了深重的灾难，也使美国人民蒙受了巨大的损失。馆内陈列着这样一些数据：美国政府征召650万人次的青年直接参加这场战争，美国军队的60%陆军、60%海军、60%海军陆战队、40%空军来到了越南战场；美国政府为这场战争支出了3500多亿美元，美国的22000家企业直接为越战服务；美国在越南投下了780万吨炸弹，摧毁了2923所学校，1850所医院，484座教堂，465座寺庙；大约300万越南人死于这场战争，400万人在战争中负伤；在战争中阵亡的美国士兵超过58000人。

由此可以看出战争对于双方都是灾难。除了那些发动战争的罪魁祸首，也许能够从中捞取一些政治资本和经济利益，但对广大人民而言，就只有灾难和伤痛。据说，越战中的美国士兵也有很多患下了难以治愈的疾病，许多伤兵至今痛苦不堪，生活困顿。在前几年的海湾战争中，一些参战的美国士兵回国后患了一种莫名其妙的怪病，被称为“海湾战争综合症”。如果海湾地区新一轮的战火再度点燃，不仅对伊拉克，对美国和美国人民究竟意味着什么？

胡志明市战争证迹博物馆的说明书上有一段话说得很好，引在这里作为这篇短文的结尾："今天回顾过去，不是为了挑起仇恨，而是为了汲取历史教训，从而绝对不再让战祸在越南国土上重演，也不让它再在我们这个地球上任何一个角落中发生。"

（原载《中国文物报》2003年2月28日）

• 胡志明市的教堂

埃及国家博物馆一瞥

埃及国家博物馆与英国的大英博物馆、法国的卢浮宫、美国的大都会博物馆等举世闻名的博物馆齐名，以收藏大量珍贵的古埃及法老（国王）文物著称于世。

埃及的母亲河——尼罗河

尼罗河是非洲最长的河流，也是世界最长的河流之一。全长6670公里，流经埃及境内1350公里，由南往北纵贯埃及，最终从北端的尼罗河三角洲注入地中海。古往今来，尼罗河滋养了伟大的埃及人民，也孕育了远古的埃及文明。

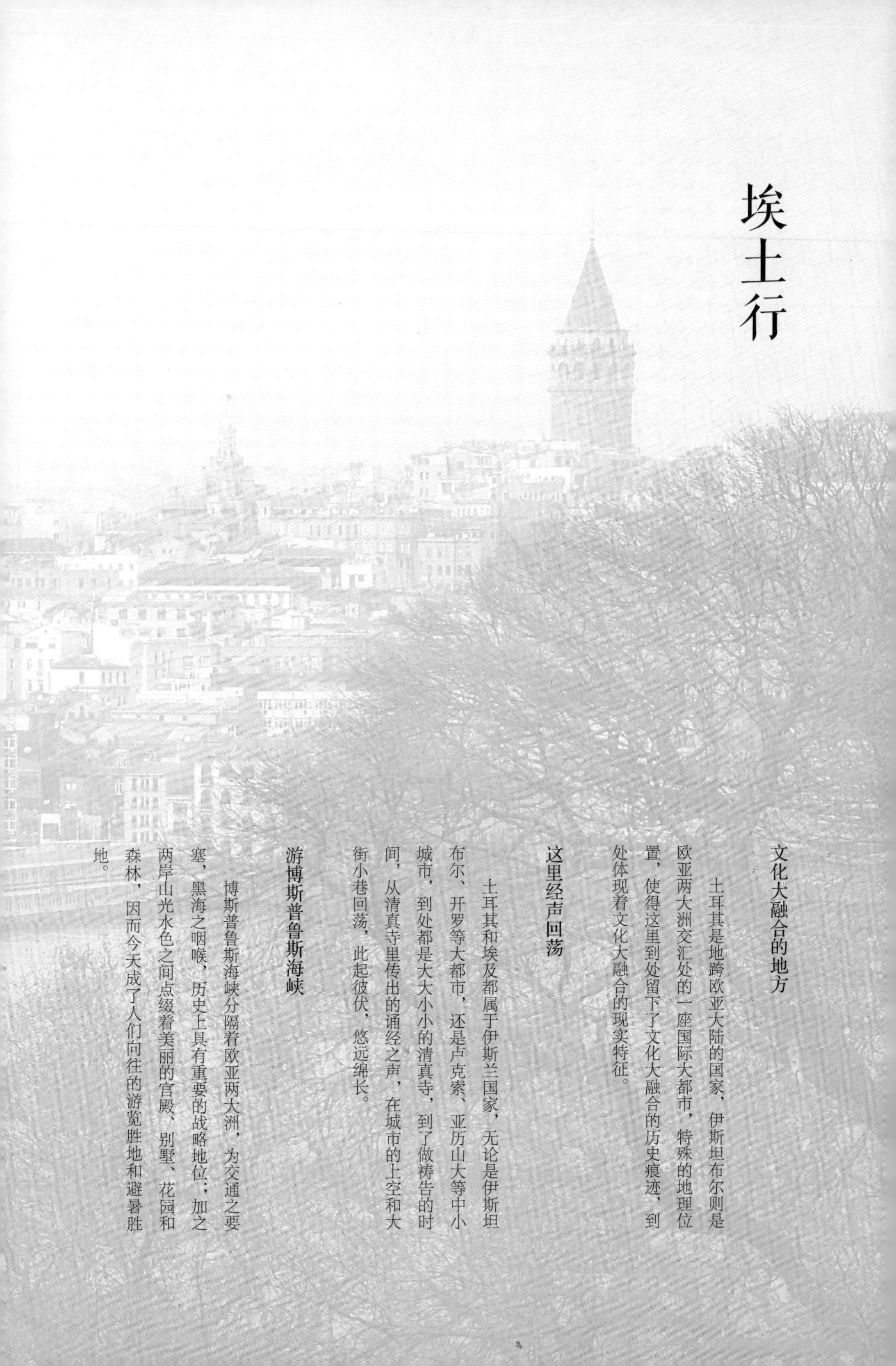

埃土行

文化大融合的地方

土耳其是地跨欧亚大陆的国家，伊斯坦布尔则是欧亚两大洲交汇处的一座国际大都市，特殊的地理位置，使得这里到处留下了文化大融合的历史痕迹，到处体现着文化大融合的现实特征。

这里经声回荡

土耳其和埃及都属于伊斯兰国家，无论是伊斯坦布尔、开罗等大都市，还是卢克索、亚历山大等中小城市，到处都是大大小小的清真寺，到了做祷告的时间，从清真寺里传出的诵经之声，在城市的上空和大街小巷回荡，此起彼伏，悠远绵长。

游博斯普鲁斯海峡

博斯普鲁斯海峡分隔着欧亚两大洲，为交通之要塞，黑海之咽喉，历史上具有重要的战略地位；加之两岸山光水色之间点缀着美丽的宫殿、别墅、花园和森林，因而今天成了人们向往的游览胜地和避暑胜地。

• 2007年1月，作者率代表团拜访开罗大学考古学院时合影

文化大融合的地方

——土耳其伊斯坦布尔印象

一

土耳其是地跨欧亚大陆的国家，伊斯坦布尔则是欧亚两大洲交汇处的一座国际大都市，特殊的地理位置，使得这里到处留下了文化大融合的历史痕迹，到处体现着文化大融合的现实特征。

我们在伊斯坦布尔下榻的宾馆，位于金角湾附近的丘陵地带，属于欧洲版图。只要我们一出行，汽车就在高低起伏的马路和鳞次栉比的街市中穿行，导游不时提醒我们，这会儿到了亚洲，这会儿又回到了欧洲。

无论是在亚洲还是欧洲，这里的所见所闻，除了地理上的界限，其他方面从自然环境、社会世相到文化氛围，都看不出有什么差异之处，不同地域、不同种族、不同文化都融合得天衣无缝，浑然一体。

二

以前在我的印象中，土耳其作为阿拉伯民族，属于黄色或棕色人种。直到行前，有人告诉我土耳其是白种人，我在心中还打了个问号。到了伊斯坦布尔，果然发现这里的人基本上属于白色人种，尽管街头不时也能见到一些穿着黑袍子的穆斯林，但也都是白皮肤、高鼻梁的白种人。

实际上，如今的土耳其人也是文化融合的结果。大家知道，奥斯曼土耳其人原是一支在中亚游牧的西突厥部落，公元14世纪在这里建立了奥斯曼帝国。15、16世纪达到最强盛，统治的疆域地跨欧、亚、非三大洲。而此前，这片土地还有辉煌的历史，这主要包括古希腊时代的殖民城市拜占庭（约公元前7世纪）和东罗马帝国时代的君士坦丁堡（公元330年迁都于此。东罗马帝国亦称“拜占庭帝国”，因都城建立于希腊殖民城市拜占庭）。更早还可以追溯到石器时代，在土耳其小亚细亚地区生活的多种族群。

在漫长的历史发展进程中，一方面，残酷的战争和统治者的强征暴敛，使人民遭受了巨大的伤亡和苦难；另一方面，强国的崛起和统治者的好大喜功，又给历史留下丰富的遗产，推动了文明的进程，促进了文化的融合。与此同时，人类自身也在这一过程中迁徙、杂交、优选、繁衍，不断使人种得到进化和改良。我们在伊斯坦布尔注意观察到，这里的姑娘一个比一个漂亮，小伙子一个比一个英俊，也许就是这种文化的融合造成的。越南的顺化

• 新皇宫一侧的钟楼

• 圣索菲亚大教堂60米高的中央大厅

古城盛产美女，我还专门写过一篇文章，探讨其中的文化缘由，大致与此类似。（参见本书第113页《顺化访古》）

三

伊斯坦布尔这座城市的名称，就是奥斯曼帝国攻占君士坦丁堡之后，成了土耳其的首都（现首都为安卡拉）并重新更名的，意为“伊斯兰教的城市”。这的确是一座伊斯兰教的城市，从全城林立的清真寺就足以充分说明这一点。但同时，这又是一座多种文化交融汇合的城市，无论是历史遗留下来的古迹，还是现实生活的场景，都在向人们诉说着这样一个十分鲜明的客观事实。

圣索菲亚教堂就是一个典型的例证。这座著名的教堂建于公元530年，是东罗马帝国东正教的宫廷教堂。奥斯曼帝国攻占君士坦丁堡之后，把这座教堂改造成为清真寺。1935年，土耳其政府将其改为博物馆。我们走进这座由不同的文化层叠加而成的博物馆，一种历史沧桑感油然而生。教堂虽然显得斑驳而灰暗，但其巨大的厅堂和华贵的大理石墙面，依然显示出昔日东罗马帝国君士坦丁大帝的神威与实力。中央大厅长75米、宽70米，从穹顶到地面高达60米。这是我目前所见最高大也是最古老的教堂，它超过欧洲我所见到的所有的教堂，包括罗马教皇的梵蒂冈圣彼得大教堂。特别是教堂改为清真寺后，两教合而为一的特征十分明显，不同的宗教熔于一炉，耶稣与安拉（真主）共处一室，给我们留下了深刻的印象。

位于博斯布鲁斯海峡岸边的新皇宫也是文化融合的产物。这座新皇宫与对岸的老皇宫隔海遥遥相望，是19世纪第三十一任苏丹（国王）下令建造的，现部分已开放为博物馆。据说，建造新皇宫的目的之一，是为了在各国使节心目中树立起土耳其和伊斯坦布尔的欧洲形象。因此，新皇宫的外观设计很像法国的卢浮宫和英国的伯明翰宫，皇宫内装饰的大理石是从马尔马拉海运来的，雪花石是从埃及运来的，红斑石是从贝加蒙古城运来的。室内装潢和照明都是意大利和法国艺术家设计的，墙壁上的绘画作品是俄罗斯艺术大师的，接见大厅的水晶大吊灯也是英国女王维多利亚二世赠送的。

更令人难忘的是伊斯坦布尔的“大巴扎”。所谓“大巴扎”，就是大集市。早在新罗马帝国时代，这里的对外贸易就非常发达。从中国、印度等遥远的东方国家输入丝绸、香料、宝石等贵重商品，从叙利亚输入织物和刺绣，从斯拉夫输入毛皮和蜂蜡等，再把这些商品以及自己的出产一同运往意大利、高卢和西班牙等地。如今的“大巴扎”，大得令人不可思议，据说一共有68个大门，4000多个摊位，摆满了琳琅满目的商品，有土耳其的水晶、软糖、挂毯等特产和世界各国的小商品。我们进去逛了不一会儿，就觉得晕头转向了。

四

20世纪初，土耳其爆发了资产阶级民族革命，在民主革命家凯末尔的领导下，推翻了帝制，于1923年建立了共和国。此后经济迅速发展，现已成为较为发达的现代化国家。土耳其是世界上穆斯林国家中唯一的一个民主和政教分开的国家，实现了凯末尔民主开放、学习欧洲的政治理想，因而他被土耳其人民尊为“国父”，受到普遍的尊敬，伊斯坦布尔的一些显著位置都有他的塑像。

土耳其的版图95%以上都在亚洲，只有不到5%的领土位于博斯布鲁斯海峡西岸欧洲的巴尔干半岛，但他们却总是把自己视为欧洲国家。土耳其已经加入了欧盟的关税同盟条约，并计划进一步申请加入欧盟。即便如此，土耳其并没有失去自我，并没有忘记自己的身份。这正如一本介绍土耳其的书籍所言：

> 土耳其是一个由地中海文化和多种文化融合在一起的一个多民族文化的国家，是一个容忍、温和、友善的国家。这片好客的人民会把自己最后的一片面包拿出来，与敲响他们家门的陌生朋友共同分享。
>
> 他们是一个拥有中亚、西伯利亚大草原的信仰、风俗传统和游牧文化的民族，经过上千年的时光，他们和当地的本土文化和社会文明得到了充分的相互交融。

（原载《中国文化报》2007年11月29日）

• 伊斯坦布尔古城墙

这里经声回荡

这个题目也许不太确切，它是表达一种感受，也是记录一种景观。

土耳其和埃及都属于伊斯兰国家，无论是伊斯坦布尔、开罗等大都市，还是卢克索、亚历山大等中小城市，到处都是大大小小的清真寺，到了做祷告的时间，从清真寺里传出的诵经之声，在城市的上空和大街小巷回荡，此起彼伏，悠远绵长……

这种景观是伊斯兰世界所独有的，也是我们十天来在土耳其和埃及感受最深的。无论我们是在参观文物古迹，还是在商店购物，或者在旅游车上说笑，只要是清真寺的经声响起，大家顿时就会安静下来，神情肃穆而庄重。

沐浴在这种宗教的氛围里，即便自己没有任何宗教信仰，却也能使自己身心得以平静，灵魂得以净化，真有一种“表里俱澄澈”的感觉。

这回荡起伏的声音是从清真寺的传声塔中传导出来的。以前也曾到过一些清真寺，看到清真寺的四周或旁边竖立有高高的尖塔，却不知道这尖塔叫什么名称，有什么功用。我们在伊斯坦布尔参观蓝色清真寺的时候，导游介绍说，这些尖塔叫传声塔，它可以把寺内的诵经声和祷告声传到外面，以提醒人们开始做祷告了。

蓝色清真寺是伊斯坦布尔最大的清真寺，也是最古老的清真寺。有六个传声塔，算是最多的，分别向不同的方向传达信号。我们在土耳其和埃及参观了几个著名的清真寺，在城区或市郊看到过无数个清真寺，每个清真寺根据大小型制不同，传声塔的多少也不一样，有四个的、五个的，也有两个、三个的，最少也必须有一个传声塔。祷告的时间一到，所有的清真寺都同时诵经和祷告，传声塔把诵经声和祷告声传到寺外，便形成经声回荡的特有景观。

祷告是穆斯林们重要的生活内容，每天早中晚一共要进行五次祷告。当然，现代生活节奏加快，每个穆斯林不可能全部完成，但星期五中午12点的祷告，则是所有穆斯林都必须做的。也许因此原故，伊斯兰国家每周的休息日是星期五，而不是星期六和星期天。穆斯林们充分利用时间做祷告，那天我们在卢克索参观完哈其素女王神庙，在尼罗河边的一家西餐馆用好午餐，正准备上车继续参观，却找不见司机了。导游告诉我们，司机肯定是利用我们吃饭的时间去附近的清真寺做祷告去了，我们只好在河边散步等候。

我们甚至还在伊斯坦布尔的古城墙遗址旁看见一位穆斯林跪对一棵大树做祷告，导游告诉我们这是允许的，而且很常见。这时候，大树就是他心中的真主。可见世界上所有的宗教都认为心诚则灵。

据说，在世界几大宗教中，穆斯林的教规是最严格的。我们在埃及和土

• 伊斯坦布尔的蓝色清真寺

耳其见到的穆斯林妇女都戴着头巾，有的还遮着面纱，一袭黑衣长裙裹得严严实实。不过，现实生活也在悄悄地发生着微妙的变化。我们在埃及的导游“茉莉花”（中文名）小姐，她是在埃及一所大学的中文系毕业的，至今还没有到过中国，但她对中国十分向往，甚至公然对我们说想找一个中国丈夫（当然必须是穆斯林）。“茉莉花”也戴着头巾，与我们一起合影时总显得矜持和腼腆，总是要保持一定的距离，然而她却告诉我们她属于比较开放的穆斯林，例如她穿牛仔服，她的思想不保守。

我们在一些景点常常看到一群群年轻漂亮的穆斯林姑娘，穿着色彩缤纷的衣服，当我们的镜头对准她们时，非但没有遭到她们的拒绝，反而冲着我们开怀大笑，也许这些就是在“经声回荡”之下的新变化。

（原载《中国文物报》2007年6月1日）

• 伊斯坦布尔金角湾

游博斯普鲁斯海峡

博斯普鲁斯海峡是欧亚大陆的分界线，全长约32公里，连接着土尔其腹地的马尔马拉海和北面的黑海。马尔马拉海西南面的另一条海峡达达尼尔海峡，则把马尔马拉海与爱琴海连接起来。由于博斯普鲁斯海峡分隔着欧亚两大洲，为交通之要塞，黑海之咽喉，历史上具有重要的战略地位；加之两岸山光水色之间点缀着美丽的宫殿、别墅、花园和森林，因而今天成了人们向往的游览胜地和避暑胜地。

我们游览博斯普鲁斯海峡是在冬天，而且并不是一个风平浪静的日子。我们先到了海峡的起点，美丽

• 博斯普鲁斯海峡停靠的巨轮

• 伊斯坦布尔的跨海大桥

的多莫巴切皇宫（俗称“新皇宫”），看到海浪冲击着岸边，卷起很高的浪头。我们照了些相，等待了半个来小时，估计是游船公司在考虑这样的天气能否正常出海。后来我们乘车来到码头，终于上了游船。开船后发现海面上船只不多，也许我们算是冒险者。后来两个多小时的航程证明，我们确实是冒着一定的风险的。就在我们返程将要抵达码头的时候，黑海与马尔马拉海两股潜流相汇的地方，由于底层黑海暗流涌动，游船突然摇晃得十分厉害，船上酒吧的玻璃杯和面包摔了一地，许多人都晕了船。但即使如此，也没有影响大家到的兴致；即使是这样的天气，也掩盖不住博斯布鲁斯海峡美丽宜人的景色。

我们的游船不大，分上下两层，下层载人，上层观光。上船后发现，全船100多人几乎全部是中国人，广播里导游用的也是汉语，不用说这是游船公司特意安排的。有趣的是，在船上刘梦溪先生居然巧遇了河北教育出版社的社长和几位编辑，他们是新闻出版总署组的团，赴埃及参加国际书展的。我在船上也认识了一对来自杭州的夫妇，与他们聊得十分投机。他们都已年近70却显得比实际年龄年轻许多，男的是一位退休工程师，女的是一位退休工人，他们却带着画夹，一路旅游一路速写。他们有两个女儿，与父亲一样都

• 拜访土耳其马尔马拉大学艺术学院时合影

是浙大毕业，现在一个在奥地利，一个在杭州。老两口退休后女儿怂恿他们到世界各地旅游，已经走了10多个国家了。这次跟旅行团从上海出发，到土尔其、埃及两国八日游，也不过每人13000元人民币，他们觉得不算贵。在国外经常遇上自己的同胞，看到他们脸上洋溢着幸福与自豪的神情，心里总有说不出的高兴。

游船进入海峡后，两岸秀美的风光如入画境。岸边停靠着各式各样大小不一的游艇，偶尔也有停舶的巨轮。岸上山峦起伏，绿树掩映中一幢幢风格各异的建筑错落有致。这里有拜占庭时期的夏宫，有奥斯曼帝国的城堡，更有无数私人的别墅。有的宫殿如今成了博物馆，有的被改造为伊斯坦布尔最好的五星酒店，各国总统也常在此下榻。濒海的丛林中分布着大大小小的咖啡馆、酒吧、茶馆、餐厅和酒店，是人们消夏、度假和散步的理想去处。一些国家的大使馆也在这里设立了夏季办事处，如塔拉比亚海湾著名的胡贝尔别墅旁就有德国大使馆的夏季办事处，博斯普鲁斯海峡跨海大桥附近有埃及大使馆的夏季办事处。也还有一些国家的领事馆，如意大利、法国、俄罗斯等国的领事馆都选择在这里。我国驻伊斯坦布尔领事馆也在这一带。后来有一天，我们迎着漫天飞舞的雪花驱车去眺望黑海，路过这儿就远远看见飘扬

• 位于博斯普鲁斯海峡起点的新皇宫

着的五星红旗。

过去，博斯普鲁斯海峡是黑海沿岸国家如罗马尼亚、保加利亚、乌克兰和俄罗斯等国连接地中海国家的主要通道。即使在今天，每年也有5万艘货轮和超级游轮穿梭于海峡之间，因而博斯普鲁斯海峡航线是世界上最重要、最繁忙的航线之一。然而，自20世纪80年代建成的跨海大桥通车以来，就结束了单纯依靠海峡连接欧亚的历史。

博斯普鲁斯海峡建有两座跨海大桥。一座是1973年建成的著名的横跨欧亚大陆的阿塔土尔克大桥，另一座是稍后于1988年为了缓和跨海大桥的交通压力而兴建的穆罕默德大桥，这座大桥较前一座大桥要小得多，建在海峡的较窄处，全长只有200多米。第一座跨海大桥全长1560米，桥宽33米，为索拉式吊桥，横跨欧亚，气势恢宏，于1973年10月29日土耳其共和国50周年庆典上正式宣布建成通车。该桥长度在欧洲排名第四，全球排名第七，平均每天有20万辆车辆通过，对于沟通欧亚大陆发挥了重大作用，现已成为伊斯坦

• 新皇宫内金碧辉煌的大厅

布尔的标志性建筑，成为这座城市现代化的象征。当我们的游船从桥下通过时，我们仰望大桥，更感到大桥的雄伟和人类的伟大。

博斯普鲁斯海峡如同所有的名胜景观一样，也有美丽的神话传说。相传，众神之首宙斯有一个情人叫伊奥，为了隐瞒他的妻子海拉，他把伊奥变成了一头牛。后来，海拉还是知道了这件事。她便变成一只牛蝇去骚扰变成牛的伊奥，伊奥为了躲避牛蝇，便跨过了一道水墙。在古希腊语里，“博斯”（BOUS）是“牛”的意思，“布鲁斯”（PHOROS）是“水墙”的意思，神话中所说的那道水墙便是今天的博斯普鲁斯海峡。

（原载《人民日报》2007年6月13日）

埃及国家博物馆一瞥

用“一瞥”来形容我们对埃及国家博物馆两个小时走马观花的参观是丝毫不算夸张的。

埃及国家博物馆与英国的大英博物馆、法国的卢浮宫、美国的大都会博物馆等举世闻名的博物馆齐名，以收藏大量珍贵的古埃及法老（国王）文物著称于世。

埃及国家博物馆位于开罗市区的中心——解放广场的一侧，尼罗河从旁边缓缓流过。该馆始建于1858年，是著名的古埃及学家、被尊为“埃及博物馆之父”的法国人马里埃特倡议建立的。如今博物馆的院子里安葬有他的坟墓，还立有一尊他的塑像，以纪念这位为古埃及文物保护和研究作出杰出贡献的学者。

博物馆的外观是一幢暗红色的建筑物，并不十分高大雄伟，较之大英博物馆和卢浮宫似乎要逊色得多。馆舍的面积也不是很宽敞，相对于展室内陈设的那些巨大的石雕神像和法老的棺椁，甚至可以说有几分仄逼拥挤。但是，只要你仔细观看每一件展品，你就会为之惊叹不已。这里汇集了埃及境内所有金字塔及神庙和古墓出土的文物和考古发现的精华部分，几乎件件堪称珍宝，是埃及文物特别是法老时代文物精品的荟萃。现存馆藏文物近20万件，日常展出的不过7万件左右。

展室主要分为上、下两层。第一层按年代顺序，以顺时针方向依次展示埃及前王国时代和古王国、中王国、新王国等法老时代的文物，一些气势宏大的巨型石雕都集中在一层的展厅。第二层则按主题分布展室，著名的新王国第十八王朝法老图坦卡蒙墓葬出土文物和恒温恒湿的木乃伊陈列室都在这里。

我们走进一楼展示大厅，一排排、一组组巨大的石雕给人以视觉的震撼，这些石雕多为法老时代的遗物，有的雕像高达数米乃至10余米，以至于只能仰视或远观；有的已经破损或者残缺，但同样在给人们诉说着昔日的辉煌。我曾记得，在大英博物馆和卢浮宫也都有专门的埃及文物陈列室，也有类似的法老时代的巨型石雕展厅，但只有脚踏在埃及的大地上，才能真正感受到这些文物的分量和价值。

当我们在石雕前徘徊和感慨的时候，导游却把我们带到了一块并不起眼的石碑前。这是一块长约一米宽约七八十公分，上面刻满了不同文字的石碑。导游给我们介绍说，这就是著名的“罗塞塔石碑”，被誉为“通往古埃及文明的钥匙”。18世纪末，拿破仑率领远征军来到埃及，在尼罗河北部的小镇罗塞塔，他的士兵发现了这块石碑，上面刻写着古埃及象形文字、古希腊文字等三种文字，经查是法老王朝之后托勒密王朝时一位国王登基的庆典

• 埃及国家博物馆外景

• 作者与开罗大学考古学院院长互赠礼品

公告。20多年后，一位法国语言学家破译了这块石碑上的古埃及文字，从此国际考古学揭开了崭新的一页，古埃及文字获得了全面解读。后来，拿破仑军队败于英军，这块石碑被作为战利品归属于英国。如今，原件仍珍藏在大英博物馆，我们在这里看到的只不过是它的复制品，这也是埃及国家博物馆仅有的一件复制品。真是出乎我们的意料，导游给我们详细讲解的第一件展品竟是饱含埃及人民伤心史的一件文物。我不知道这位埃及的导游小姐做出这样的选择是否有何深意。

我们跟随导游在琳琅满目、美不胜收的展品前匆匆而过。驻足时间最长、留下印象最深的恐怕就数二层陈列的图坦卡蒙墓葬出土的文物了。

大家知道，金字塔实际上就是法老的坟墓。由于金字塔的标志十分明显，法老的坟墓往往被盗，因而后来的法老便改变了墓葬的方式，即在深山里

• 卢克索神庙遗址内的壁画

面修筑秘密墓道来安葬自己的木乃伊和随葬品。在埃及中部的卢克索（古称底比斯）就有著名的国王谷和王后谷，分别埋葬了62位国王和几十位王后。实际上，这些国王和王后的陵墓也没有逃脱被盗的命运，早就大都不同程度被盗过。

图坦卡蒙的墓就在国王谷。图坦卡蒙是新王国第十八王朝（前1354—前1345）的法老，据说他英年早逝，18岁就神秘地意外死亡了，因而还没来得及修筑自己的陵墓，只好临时借用了其他皇室成员的墓室，所以他的陵墓比较窄小。加之后来的国王拉姆西斯九世在其上方修筑墓道的碎石遮盖了他的陵墓，这样隐藏了几千年，直到1922年才被考古学家发现，因此他的墓葬保存得最为完好。

图坦卡蒙的墓葬出土了3500多件文物，全部从卢克索运抵开罗埃及国家博物馆收藏。二楼有一大片区域用来展示图坦卡蒙墓葬的文物，这可能是博物馆最吸引人的地方。这里有金面具、金御座、金棺及各种珠宝饰品和巨大无比的多重棺椁，这些文物都金碧辉煌，光亮如新。图坦卡蒙的金面具被发现时正套在法老木乃伊的头部和肩上，用纯金制成，镶嵌有天然绿松石和红玛瑙等宝石，重达11公斤。金棺也是纯金制成，绘制有精美的图案纹饰，如腿部就有女神跪着张开双臂保护法老的图案，整个金棺重量竟达110公斤。还有一尊如真人大小的图坦卡蒙金箔木雕像，英气勃发，栩栩如生，如此完美的雕塑艺术，真是令人叹为观止。需知，图坦卡蒙所处的时代距今已有三四千年，这时候世界上许多民族都还是茹毛饮血的时代，而古埃及法老文明却已达到如此高度，真是太不可思议了！

就在我们陶醉于图坦卡蒙之时，导游提醒我们已经到了闭馆的时间。竟然连富于神秘色彩的木乃伊展室还没来得及参观就要离去，真有些依依不舍。所幸后来还有访问开罗大学考古学院的日程，我们在学院的博物馆里一睹了木乃伊的芳容，否则来到埃及居然与木乃伊失之交臂。

我们随着人流步出了博物馆，匆匆结束了这意犹未尽的参观。在博物馆门口的书店，我和刘梦溪先生各买了一本有中文说明的《埃及国家博物馆展品集锦》，以补未及参观之憾，带回国后慢慢品味。不意这本介绍展品的画册竟帮助我完成了这篇文章，否则这匆匆一瞥是存储不了这些信息的。

（原载《中国文物报》2007年5月18日）

规模巨大的卢克索神庙遗址

埃及的生命之河——尼罗河

尼罗河是埃及的生命之河。

埃及位于非洲北部，国土面积100余万平方公里，但96%以上属于沙漠，炎热干燥，长年无雨，无法生存，全部人口集中居住在尼罗河两岸狭长的河谷地带的绿洲之上。

尼罗河是非洲最长的河流，也是世界最长的河流之一，全长6670公里，流经埃及境内1350公里，由南往北纵贯埃及，最终从北端的尼罗河三角洲注入地中海。

古往今来，尼罗河滋养了伟大的埃及人民，也孕育了远古的埃及文明。

一、夜游景象

到埃及的第一天，便安排我们夜游尼罗河。

上午，我们参观了吉萨的胡夫金字塔，下午参观埃及国家博物馆和基督教博物馆。大约6点左右，夜幕还没有降临，我们便来到了尼罗河边，登上了游艇。

游艇很大，至少能容纳三四百人。设施也很好，铺有地毯，桌椅都很精致，餐桌上铺着洁白的台布，还有专门用来表演的舞台。我们属于到得比较早的，第一批享用了游艇上预备好的自助餐。游客们陆续上船，先后用餐，不大一会儿就坐满了。不同肤色、不同语言、不同国度的游客汇聚在一起。我们一整天马不停蹄地参观，似乎并不觉得怎么累，酒足饭饱之后更是兴致勃勃。

迎着夜色和开罗城的喧嚣，我们的游艇开始缓缓启动了。河面很宽，河

• 尼罗河游艇上的舞蹈表演

水很平，两岸高大建筑物上的霓虹灯，把河水映照得色彩斑斓。我们在甲板上欣赏两岸美丽的夜景，微风吹拂，很是惬意。我想，好在现在是冬天，倘若是夏秋时节，平均40℃以上的气温，即便是在船上，也是有几分暑蒸难耐的。

面对尼罗河的夜色，使我想起十年前夜游塞纳河的情景。所不同的是，塞纳河河道没有尼罗河这样宽阔，各式各样的游船如过江之鲫，异常稠密；而尼罗河上的游船也不少，但并不显得拥挤。两岸的街市，巴黎似乎比开罗要多几分繁华和热闹。诚然，开罗也是著名的国际大都市，据说有近3000万人口，几乎全埃及的一半人口都集中在这里，只不过这里的经济繁荣和现代化程度比起巴黎来稍逊一些罢了。

游艇内的娱乐节目给游客们带来的欢笑声，

也是一浪高过一浪。乐队演奏的埃及音乐，节奏感很强，带有几分狂野。几位歌手的演唱，风格各有不同。而肚皮舞和转舞的表演，则把观众的情绪推向高潮。特别是一位男演员表演的转舞，真是令人叫绝。他身着双层长裙，舞动时，外层长裙竟然脱离身体，在演员头顶形成一柄巨伞，与演员的身体同时旋转。演员表演时旋转之快，持续时间之长，也是极为罕见的，我们一致认为他可以成为一名优秀的“宇航员”——他的平衡器官肯定特别优良。他还来到观众席间表演，边舞边和我们握手。在游览即将结束的时候，部分游客得到了一张照片，我也荣幸得到一张，就是这位转舞演员和我握手的瞬间定格。这当然是船上的服务项目，每张照片收费10个埃镑（相当于人民币60元），虽然没有事先征得同意，但我们还是欣然接受。

二、沿岸风光

尼罗河发源于赤道非洲维多利亚湖西的群山之间，上游称之为“白尼罗河”，在苏丹的喀土穆与发源于埃塞俄比亚高原的“青尼罗河”汇流，再往北经

• 金字塔

• 金字塔与狮身人面像

• 神庙墙壁上的文字与图案

埃及南部边境的第一瀑布进入埃及，形成一个长达千余公里的河谷。这条狭长的河谷，宽度在15～25公里左右，东西两侧山峦起伏，山外便是一望无际的沙漠。而河谷内尼罗河两岸则是一片土地肥沃、物产丰富的绿洲，自古享有“非洲粮仓”的美誉。

每年的6～10月间，上游的山洪倾泻而下，尼罗河如猛兽一般肆虐，淹没了河谷两岸，也使久旱的农田得到了灌溉。11月开始退潮，留下一层厚厚的淤泥。这时候，土地松软肥湿，农民忙于播种，据说有时来不及精耕细种，甚至赶来成群的猪羊，将种子踩入土中，第二年便有丰厚的收获。公元前5世纪到过埃及的希腊历史学家希罗多德曾说过，埃及人所得到的膏腴之地乃是“尼罗河的赠礼”。

如今，尼罗河两岸盛产小麦、玉米、水稻、棉花和甘蔗等农产品。特别是埃及的长绒棉著称于世，素有“白金”之称，约占世界总产量的二分之一。我们在开罗的郊外和卢克索一带看到大片的麦地，绿油油的麦苗在一行行高大的椰枣树衬托之下，格外葱绿可爱。还有成片的甘蔗林，远远望去，一片金黄，正等待着人们去收获。

我们在卢克索下榻的宾馆就在尼罗河边，饭后来到河边散步，观赏风

• 尼罗河畔的卢克索神庙内高大的廊柱

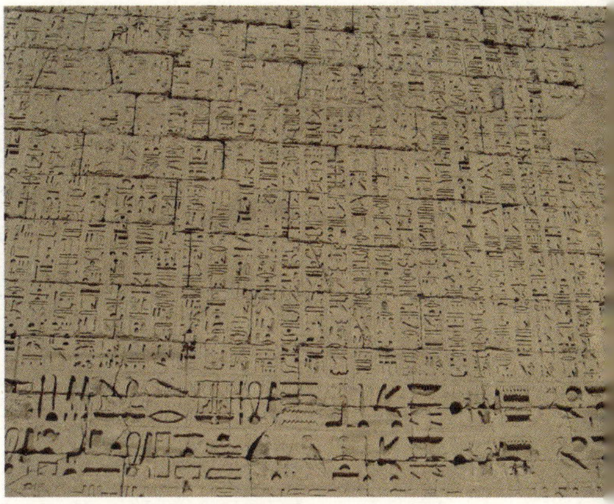

• 神庙墙壁上的文字与图案

景。冬天的尼罗河是驯服而安静的，河水缓缓地流淌，阳光暖融融地照射在河面上，河水算不上清澈，但也并不混浊。岸边停泊着不少巨大的豪华游轮，每一艘都有五六层楼房那么高大；也有密密层层的帆船，桅杆林立，船的样式显得古朴而传统，大概是根据古代埃及的船只仿造而成的现代旅游工具。在我驻埃及使馆，文化参赞李景芳先生对我讲，如果时间来得及的话，坐上游轮从卢克索到阿斯旺的尼罗河两日游是最有意思的，可以一面观赏沿岸的风光，一面游览两岸的文物古迹。只可惜我们的日程太紧，不可能去阿斯旺饱览尼罗河这一段的大好风光了。

三、文明见证

尼罗河如同世界上其他大江大河一样，既孕育了文明，也见证了文明。我国的黄河与长江孕育了中华文明，幼发拉底河与底格里斯河孕育了两河文明（古巴比伦），恒河孕育了印度文明，而尼罗河则孕育和见证了伟大的古埃及文明。

在下埃及的孟斐斯和吉萨，至今依然巍峨矗立在尼罗河边的几十座金字

• 代表团拜访我驻埃及大使馆文化处与文化中心

塔，这是距今约5000年的埃及古王国时期的统治者法老们留下的文化遗产。那座著名的胡夫金字塔，高达146米，塔基每边宽230余米，每块石头重达2.5吨，这样的石块总计有230万块。还有胡夫金字塔旁边的哈佛拉金字塔前，有一座著名的狮身人面像，这是用一块完整的天然巨石雕凿而成的，高达22米，长达57米。这些巨石从何而来？如何加工？如何堆砌？这样用整块巨石凿成的雕像制作完成后，又是如何树立起来的？这一系列疑团，令5000年后的今人百思不得其解。我想，尼罗河如果是一位有生命的智慧老人，她一定会向你娓娓道来。因为她见证了当年的一切，这些巨石就是她——尼罗河水承载着从阿斯旺等地运送过来的。

在上埃及的底比斯，即今天的卢克索，古埃及中王国和新王国在这里设立都城，统治了近千年。如今卢克索已成为一座旅游城市，是世界上最大的露天博物馆，有着“宫殿之城”的美称。尼罗河穿城而过，将其一分为二。由于古埃及人认为人的生命同太阳一样，自东方升起，西方落下，因而在河的东岸是雄伟无比的神庙群，高大的建筑和精美的神像，显示出昔日的壮丽与辉煌；河的西岸则是法老、王后和贵族的陵墓群，“国王谷”与“王后谷”留下了无数座法老和王后的墓穴与荒冢。我们在卢克索呆的两天，就是来回在河东、河西参观神庙与陵墓。晚上，我们在尼罗河边散步，卢克索神庙就在岸边。一边是滔滔汩汩的河水在不停地流淌，一边是残垣断壁的石头在无言地耸立，她们就这样日夜厮守已经4000多年了。

古代埃及在天文学、建筑学、数学、医学等方面都达到了很高的成就，并且与尼罗河有密切的关系。6000年前，古埃及人就发明了人类最早的历法——太阳历。他们按照尼罗河河水涨落和作物生长的规律，把一年分为3个季节（泛滥季、耕种季、收获季），每个季节4个月，一年共12个月，每个月30天，岁末增加5天作为祭祀神灵的节日，全年共计365天。马克思在《资本论》中曾说过："计算尼罗河水的涨落期的需要，产生了埃及的天文学。"

尼罗河，你难道不是埃及的生命之河！母亲之河！智慧之河！

（写于2008年4月）

• 衣着艳丽的穆斯林姑娘们

澳门的文化景观

400多年前，葡萄牙人登陆澳门，正是从妈阁庙前面的海滩上岸的。他们询问当地居民这里是什么地方，居民以为是问妈阁庙，故答『妈阁』，葡萄牙人以其音译而成『MACAU』，遂为澳门的葡文名称由来。

港澳行

与文怀老一道猜谜

文怀老满面红光，银髯飘飘，着一身笔挺的西装，手执拐杖，但身板硬朗，步履稳健地进来了，丝毫没有一点老态。面前难道就是30年代鼎鼎大名的作家、《楚辞》研究专家文怀沙先生？就是度过了几十年牢狱生活、现已80多岁的文怀沙先生？

香港中文大学的由来

香港中文大学创办于1963年，与创办于1910年的香港大学同为香港著名的综合性大学。二者的区别在于，香港大学采用英语教学，学科设置和学校管理与欧美无缝对接；而香港中文大学则以中国文化定位，重在推广中文教育，以中文为主要授课语言，中英双语并重。

• 2006年11月，在澳门教科文中心演讲后与澳门大学的学者合影

与文怀老一道猜谜

1993年岁末，我们一行赴港考察，在离港前一天，应香港著名画家刘宇一教授的邀请，到他家中做客。那天下午，细雨蒙蒙，热情的主人用汽车把我们接到他位于半山的家中。

宇一教授是从内地赴港定居的著名画家。他的油画《良宵》去年10月拍卖高达700万港币，因此，一时间成了香港的新闻人物。我们到他家中做客，本身就有将他作为考察香港文化“活标本”的意思。我们在他家中一面翻看他的画册，一面与他叙谈。从他的绘画经历谈到他的创作《抗天歌》（故宫系列）的宏大计划。从《良宵》的拍卖谈到香港和内地的文化管理体制，一晃大半个下午过去了。

傍晚时分，宇一教授告知我们，他的恩师文怀沙老先生将与我们共进晚餐。这真是意外的收获，使大家兴奋不已。我们一行人当中，有作家、教授、博士，也有政府文化官员。大家差不多都读过文怀老的文章和著作，今晚能见到他并和他共进晚餐，实在是难得的机会。

不一会儿，门外的汽车喇叭响了，文怀老到了，我们都一齐站了起来。文怀老满面红光，银髯飘飘，着一身笔挺的西装，手执拐杖，但身板硬朗，步履稳健地进来了，丝毫没有一点儿老态。面前难道就是30年代鼎鼎大名的作家、《楚辞》研究专家文怀沙先生？就是度过了几十年牢狱生活、现已80多岁的文怀沙先生？正惊疑之际，文怀老已伸出有力的大手和我们一一握手，并互相交换了名片。

他的名片上印着这样两行字：退休居家，述而不作，一级教授文怀沙。文怀老解释，名片是别人代印的。我想，虽是别人代印，但这两行字倒也符

• 老者为文怀沙先生，中间为刘宇一先生、左为作者

• 作者在北京文怀沙先生寓所与文老交谈

合文怀老诙谐幽默的性格和豁达、恬淡的人生观。我们围着文怀老坐下，随便地聊起天来。不知是谁提议要与文怀老合影留念。客厅里正好有一幅文怀老的肖像画，是宇一教授为恩师所作的。我们请文怀老站在肖像旁，挨个与他合影。

合影完毕，宇一教授和夫人请我们一道乘车去山下吃饭，原来主人已在闹市区的一家酒楼订好了宴席。一共10来个人，在一间包厢里，大家继续无拘无束地闲谈，气氛十分活跃。这时，我们当中一位深圳文化局的年轻同志提出请文怀老猜谜，因他对灯谜颇有研究，想拿谜语来“考考”文怀老。文怀老微微一笑，说道：“好。我先让你猜几个谜，能猜得出，你再来考我。”

不过，文怀老提出一个条件，猜谜必须会识繁体字，这位年轻人是大学中文系毕业的，在座的也大都学文出身，繁体字当然不成问题。于是，文怀老出了第一个字谜：“散步黄昏后”，猜一繁体字。年轻人思索了一阵，猜不上来。大家也都边吃边动脑子，但谁也没猜出来。我突然想出一字，不知猜中与否。文怀老说，先别急，让写出来给他看。我便写在手上，文怀老看后点头称是。那年轻人也猜了几个字，但都被文怀老否定了。最后只好由我来揭谜底：歲。“歲”由拆开的“步”和“戌”组成。所谓“散步”即是把

“步”字拆开；“戌”是十二时辰之一，戌时即“黄昏后”。经我这么一解释，大家都说，到底你是搞古典文学，钻故纸堆的。其实，我对猜谜一窍不通，这次算是碰巧蒙上的。

接着，文怀老说要来一个更难的，这个谜语号称中国谜王，一般不易猜得出。此谜曰：“无边落木萧萧下”，也猜一字。我们都知道谜面是一句杜诗，文怀老提醒那年轻人要从历史的角度猜。我们一连猜了几个字都被否定了。餐桌上已过两道菜了，大家都在苦思冥想，真是“猜残灯谜无人解，何处凭添两鬓丝”（钱谦益诗）。看来，这“谜王”实在是猜不出来了，只好请文怀老揭示谜底：此乃“曰”字。虽然谜底亮出来了，但大家还是不明所以。宇一教授对文怀老说：“您还得给大家解释解释。”文怀老解释道，南北朝时期南朝有宋、齐、梁、陈四个朝代，其中齐、梁两朝的皇帝均姓萧，“萧萧”之下便是“陈”。繁体字“陳”去掉偏旁“阝”（无边），再去掉“木”（落木），岂不就剩下了一个“曰”字。这么复杂的谜语真不愧为中国谜王，且不说谜语中套了多少个格，单就其中所蕴含的历史知识而言，也是一般人所未必明了的。

接下来，文怀老又出了一则谜语，这次是猜一古诗篇名，谜面是“临去秋波那一转”。大家一边吃美味佳肴，一边搜索枯肠，默诵古诗，把诗题拿来对号入座，你来我往，猜了七八个诗题，都未见文怀老首肯。文怀老见大家猜得不对头，便提示道：“缩小一点范围，在《楚辞》里面猜。”这么一提示，就等于把谜底告诉了大家，几乎是与文怀老的话音同时，桌上好几位都不约而同说出了《离骚》的篇名。真是绝妙！有两位女宾竟笑得前仰后合，边笑边说道：“文怀老不愧是《楚辞》专家啊！”

文怀老也笑了，连说：“怎么样？生动不生动？”说着，他那智者的眼中竟送出一个明亮的“秋波”来。顺着《离骚》的“骚”，文怀老又随口来了一则谜语：“一个大，一个小，一个跑，一个跳，一个吃草，一个吃肉。”这个用不着猜的谜语又引得大家哄然大笑。

最后，文怀老说：“来个简单的，‘七人八目，十一人八目，西洋人八

• 1993年在香港与文怀沙先生合影

目，阿宝的妈妈也八目。'"猜一四字成语。这次那位年轻人几乎不假思索就猜出来了：貨眞價實。看来，他毕竟是研究过谜语的。但是，猜了文怀老的谜语之后，这位自恃胸中谜语有雄兵百万的年轻人对文怀老早已佩服得五体投地，自然不会再拿谜语来"考"文怀老了。

猜谜实在是一项高级智力游戏，文人学士往往乐此不疲，常常用作谐谑或谈资。猜谜不仅仅是语言游戏，还能反映出一个人的机智、学识和情趣。通过上面几则谜语，我们深深感受到文怀老的博学、睿智和脱俗。

（原载《中国文化报》1994年6月8日）

香港中文大学的由来

香港中文大学坐落于新界，依山傍海，风景绝佳。我们徜徉在美丽的校园，到处林木葱茂，繁花似锦。教学大楼错落有致，掩映在绿树丛中，青年学生来去匆匆，洋溢着青春的气息。站在校园的制高点天人合一亭上，远望大海，心潮澎湃，浩思淼淼。晚上，我们在曾经是校长官邸、如今已改为招待所的房间里喝茶聊天，大家海阔天空地神聊，不知怎么就聊到了香港中文大学这一校名的缘由。

香港中文大学创办于1963年，与创办于1910年的香港大学同为香港著名的综合性大学。二者的区别在于，香港大学采用英语教学，学科设置和学校管理与欧美无缝对接，而香港中文大学则以中国文化定位，重在推广中文教育，以中文为主要授课语言，中英双语并重。据说，当年先确定了英语校名The Chinese University of Hong Kong，那么中文名称如何叫呢？是叫“香港华人大学”、“香港华语大学”，还是叫“香港中文大学”？一时争论不休，最后还是主要创办人之一的国学大师钱穆一锤定音，定名为“香港中文大学”。

香港中文大学创校校长李卓敏，在1978年第19届颁授学位典礼上，曾解释命名为“香港中文大学”的缘由。他指出，有一个普遍解释认为“中文”即是指中国文化，故此，中文大学是指传扬中国文化的大学。他认为，“凡是大学都不可能脱离本身民族的背景……每一所大学都是沟通本国和外国文化的桥梁”，而香港中文大学特殊的地方在于：“专门为了一个特殊的使命而努力。这个使命就是把中国的资料吸收和融化到各个学科，予以发扬光大……简而言之，香港中文大学是把中国文化的境界融合到各学科的大学。”他还指出，香港中文大学校训“博文约礼”（来源于《论语》）中的第二个字“文”，也就

• 在香港中文大学校园散步

• 香港中文大学天人合一亭

是中文大学校名的第二个字，并不指狭义的文科，而是包括了一切学科。

既然以中国文化定位，就不仅仅是授课语言的差异，在学科设置与管理方式上也有所侧重和不同。香港中文大学是香港唯一采用书院制的高校，最初是由三所历史最悠久的书院合并而成，即新亚书院（1949年成立）、崇基学院（1951年成立）、联合书院（1956年成立）。这些书院的前身大都与内地的大学有深厚的历史渊源，譬如新亚书院的创办人钱穆、唐君毅就是来自内地的著名学者，曾在北大、清华、西南联大、中央大学等多所大学任教；崇基学院是合并内地的13所基督教教会大学；联合书院是由广东、上海的5所私立大学组合而成。香港中文大学的创立，突破了大英帝国在英国殖民地只设置一所大学这150年来的殖民铁律，也掀起了香港20世纪70年代的“中文运动”，终结了英文垄断官方语言的局面，具有一定的时代意义。

香港中文大学成立之初，各书院在行政、教学方面都是完全独立的，大学只负责颁授学位等事宜。1976年，香港立法局通过香港中文大学改制方案，将采取单一制的行政结构，各书院只负责学生福利等工作，其余权力悉数移交大学。新亚书院的数名校董会成员，包括国学大师钱穆、唐君毅等人以政府违反书院联邦制本意为由，集体辞职抗议，使得书院制度保存至今，并逐步形成书院、学院与研究院并存的格局。此后，随着办学规模的扩大和

• 与友人在香港中文大学山顶合影

吸纳资金的需要，又陆续设立了逸夫书院（1986）、和声书院（2007）、晨兴书院及善衡书院（2006）以及香港回归前后成立的伍宜孙书院和敬文书院（2007），共有9个独立书院。另外，香港中文大学还有8个学院和13个研究所，这是属于大学直接管理的。8个学院是文学院、工商管理学院、教育学院、工程学院、医学院、理学院、社会科学院以及法律学院，13个研究所分别为中国文化研究所、人文学科研究所、亚太工商研究所、香港教育研究所、光科技研究所、信兴高等工程研究所、香港癌症研究所、人类传意科学研究所、中医中药研究所、理工研究所、数学科学研究所、香港亚太研究所以及香港生物科技研究院有限公司。

由此可以看出香港中文大学虽然以中国文化定位，却是一所兼容并包、与时俱进的大学。办学时间虽然只有半个世纪，却取得了辉煌的业绩，有三位教授和一位校长获得诺贝尔奖，培养了一大批人文学者和科学家，迅速成为了世界一流大学。

（写于2013年10月）

澳门的文化景观

2005年7月15日，联合国教科文组织世界遗产委员会第29届会议一致通过，“澳门历史城区”正式列入《世界文化遗产名录》，成为我国第31处世界遗产。这是澳门回归之后的一件文化盛事。此后不久，我应澳门基金会之邀，在澳门教科文中心作了一次演讲，因得以拜访澳门的历史遗迹和文化景观，目睹其丰采，体验其韵味。

澳门历史城区，或称澳门历史古城区，是由22座位于澳门半岛的建筑物和8片旧城区为核心的历史街区。它是我国境内现存年代最古老、规模最大、保存最完整和最集中的东西方风格共存建筑群，当中包括中国最古老的教堂遗址和修道院、最古老的西式炮台、第一座西式剧院、第一座现代化灯塔和第一所西式大学，等等。作为欧洲国家在东亚建立的第一个领地，城区见证了澳门400多年来中华文化与西方文化互相交流、多元共存的历史，体现了中西合璧的文化特色。

这些文化遗产和景观，是400年间中、葡两国乃至西方多个国家的人民共同创造的，是东西方文明和宗教相互融合共同孕育的。16世纪中叶，因应中外贸易的新形势，明朝政府划出澳门半岛西南部一片地段，供以葡萄牙人为主的外国商人居住及进行贸易，澳门由此发展成19世纪前中国主要的对外港口，也是亚洲地区重要的国际港口。贸易活动的兴盛由此诞生。在这块城区内，来自葡萄牙、西班牙、荷兰、英国、法国、意大利、美国、日本、瑞典、印度、马来西亚、菲律宾、朝鲜甚至非洲地区等不同地方的人，带着不同的文化思想，不同的职业技艺，不同的风俗习惯，与当地华人共同生活、和睦相处，逐渐形成了这独特的历史文化遗产。

• 正在维修中的大三巴牌坊

我花了整整一天的时间，在澳门文化局工作人员的陪同下，走马观花地拜访了几处重要的文化景观，略记如次。

大三巴牌坊

大三巴牌坊是澳门最有代表性的文化景观，几乎成了澳门的代名词，在关于澳门的许多书籍、画册、明信片当中都有她的身影，一些大型活动也在这里举行，大家十分眼熟。实际上，称之为“牌坊”并不准确，因为这里原是一座天主教教堂，因火灾剩下这一堵墙壁，看起来很像我们中国的牌坊。从这个名称上说，也恰好体现了中西文化的结合。

400多年前，葡萄牙人侵占了澳门，也把天主教也带到了这里。1562年，葡萄牙人历经数年，在澳门建起了这座哥特式教堂，取名“圣保罗教堂”。葡语“圣保罗”发音接近当地方言中的“三巴”，所以也称“大三巴教堂”。后来，教堂两

• 2006年在澳门教科文中心演讲，与澳门大学学者交谈

次毁于火灾。1602年，圣保罗教堂再次重建，历经35年于1637年完工。1835年的一场大火又把教堂烧毁，只剩下这堵蕴藏着众多艺术珍品和丰富内涵的前壁，100多年来屹立不倒，这就成了今天的大三巴牌坊。

这座教堂是当时东方最大的天主教堂，号称“东方梵蒂冈”。教堂附属于圣保罗学院，这是远东地区第一所西式大学，从1594年成立至1762年结束，期间培养了不少著名的外国传教士，如明清时期就有意大利传教士利玛窦、德国传教士汤若望等在此修习中文，使学院成为这些传教士进入中国的重要传教基地，对推动欧洲和中国的宗教及文化交流起到了十分重要的作用。

圣保罗教堂最早由一名意大利籍耶稣会神父设计，日本工匠协助建成。现存的大三巴牌坊，也充分糅合了欧洲文艺复兴时期与东方建筑的风格，体现出东西方艺术的交融。牌坊高约27米，宽23.5米，厚度达2.7米。共分5层，从上到下都镶嵌着、雕刻着形态迥异、笼罩着浓厚基督教色彩的艺术群像。底层是教堂的三面大门，正门和两个旁门顶上分别用拉丁文刻着“天主圣母”和“耶稣”的字样；第二层壁龛中雕刻有耶稣会圣人像；第三层正中有一童贞圣母雕像，数名天使和两种花朵环绕两旁，其中牡丹花象征中国，菊花象征日本，左方石柱上刻有代表生命之树及圣母征服魔鬼并刺穿耶稣的工具，以象征战胜死亡；第四层有一耶稣圣婴雕像，其旁刻有用以钉死耶稣的工具；第五层刻有一个代表圣神的鸽形铜像，旁边围有代表太阳、月亮、星辰的石刻；牌坊最顶端有一个十字架。整座牌坊的雕刻和镶嵌非常精细，栩栩如生，巍峨壮观，被称为“立体的《圣经》”。

我们来到这里，正赶上牌坊维修。站在教堂的废墟上，仰望这座承载着宗教文化和历史风云牌坊，不免感慨万端，浮想联翩。

松山炮台

松山又称“东望洋山”。“东”为方位，因其位于澳门半岛的东部；“望洋”取其登高远望或望洋兴叹之意。其实这座山并不高，仅海拔91米，但是为澳门的最高点，也是澳门的地理坐标。山上有一座建于1865年的东望洋灯塔，100多年来，该灯塔为航海人导航，向澳门四周25海里范围循环照射。每逢台风到来之前，灯塔的旁边会悬挂起一个台风讯号，为渔民和航海人带来安全。松山多松，松树与灯塔构成了澳门八景之一的“灯塔松涛”。灯塔旁有一座小教堂，名为圣母雪地

• 松山灯塔和教堂

殿教堂，是葡萄牙人于1622年建成的。松山灯塔与两座建于16世纪20年代的松山炮台和松山教堂，构成了松山三古迹。

松山灯塔是中国沿海地区最古老的一座灯塔，建于1865年，由土生葡人罗沙设计，为远东地区第一灯塔。1865年9月24日首次启用，最早使用木轮转动铜制水火灯发光，后来改用电作光源。如今原来的铜制火水灯早已成了古董，保存于灯塔内供游人观赏。

松山教堂——圣母雪地殿圣堂，规模很小但十分精致，极具17世纪葡国修道院的建筑特色，所祀的是葡国供奉的护卫航海之神。经过1996年的修缮，恢复了教堂和庭院的原貌，并在教堂的墙上发现被隐藏了很久的壁画。这些壁画糅合了中西文化的特色，具有极高的艺术价值。

松山除了灯塔和教堂，还筑有数座炮台堡垒及防空洞，昔日是军事禁区，现已对外开放。过去，炮台的主要用作是防御外敌和瞭望观测，东望洋炮台与妈阁炮台组成一道坚固的外围军事防线。站在炮台上，抚摸这一尊尊被岁月风霜锈蚀的大炮，仿佛隐约能听到往昔的轰轰炮声，能看到硝烟弥漫、巨浪腾空的海战场面。防空洞有几百米深，内有发电机、休息室及贮油池，并有登上灯塔炮台的升降机等。墙壁上还张挂了许多珍贵的历史图片。

参观了炮台、灯塔和教堂，还可以在山上的松林间散步，俯瞰澳门和珠江口全景。

妈阁庙

妈阁庙是澳门最著名的名胜古迹之一，初建于明弘治元年 (1488)，距今已有500多年的历史。妈阁庙位于澳门的西南方，湄洲湾北岸山亭镇山柄村麒山之巅，枕山临海，倚崖而建，周围古木参天，风光绮丽。主要建筑有大殿、弘仁殿、观音阁等殿堂。大殿共有四层，高32.3米，取妈祖农历三月二十三诞辰之意。

• 赌城夜色

妈祖是我国东南沿海居民敬奉的海神，各地都建有许多大大小小的妈祖庙。据福建莆田的地方志记载，妈祖实有其人，是北宋时代福建莆田湄洲郡巡检林愿的第六个女儿。原名林湄娘，因她从出生到满月从不啼哭，故又名默。林默娘自幼聪颖，为人善良，乐于助人。有一年她随父兄渡船外出，中途遇浪，船覆落水，林默娘下水救父。她也屡次在海上救助遇难之人，还为百姓驱逐瘟疫，治病救人。人们为感念其恩德，称林默娘为“妈祖”（“母亲”之意），并纷纷建庙供奉。后来妈祖的故事逐步被人们神化，历代王朝也顺应民心支持妈祖信仰，宋代封妈祖为“夫人”，元、明二朝加封为“天妃”，清朝晋封为“天后”。

相传有一位福建商人在澳门附近遭遇飓风，危在旦夕，幸得天后娘娘解难相救，化险为夷。后来这位商人在神女显圣处设庙纪念以谢神恩，后人历代祀奉，香火越来越旺，便成了今天的妈阁庙。妈阁庙的大门为一牌楼式花岗石建筑，宽4.5米，只开有一个门洞，门楣上有“妈祖阁”三个金字，两侧书有对联：“德周化宇，泽润生民。”门楣顶部为飞檐状屋脊，华丽美观。庙门口有一对石狮，雕工精美，栩栩如生，是300年前清人的杰作。院内一块名为“洋石船”的巨石上，刻有一艘古代的海船，船的桅杆上挂着一面写有“利涉大川”的幡旗，记载就是这位福建商人的故事。

400多年前，葡萄牙人登陆澳门，正是从妈阁庙前面的海滩上岸的。他们询问当地居民这里是什么地方，居民以为是问妈阁庙，故答“妈阁”，葡萄牙人以其音译而成“MACAU”，遂为澳门的葡文名称由来。后来，“MACAU”再转译为中文叫“马交”，或者叫“马交港”。

2008年5月3日下午，北京奥运会圣火途经澳门的妈阁庙。来自奥林匹亚的圣火将与妈阁庙的香火相遇，澳门将以最具代表性本土文化迎接奥运圣火的方式，展示其中西文化荟萃的特性。

龙环葡韵

“龙环”是氹仔岛的旧称，“葡韵”是指这里葡萄牙的建筑风格。这里共有五幢翠绿色的葡萄牙式建筑，落成于20世纪20年代。原为澳葡政府高级官员的官邸及一些土生葡人家庭住宅，1992年澳葡政府对这片建筑群进行修复，并改为住宅式博物馆。这五幢葡式建筑现分别为土生葡人之家、海岛之家、葡萄牙地区之家、展览馆、迎宾馆。如今这片住宅式博物馆属于澳门重要的文物建筑与文化遗产，也是澳门极富代表性的景点之一。

走进“土生葡人之家”，一个葡国风韵的家庭便展示在我们面前。所谓“土生葡人”，主要是指当时葡萄牙人与东南亚一带的马来西亚人、菲律宾人及南亚的印度人通婚后产生的族群，他们有自己的语言、文化、生活方式及宗教，却又带有明显的东方人生活习惯。“土生葡人”的确是独特的一群人，他们以澳门为家，并带来新的饮食文化，来澳门必须品尝的“澳门葡国菜”正是他们的发明。参观者可以通过这座住宅式博物馆了解土生葡人的特色文化，其家具、摆设及家居装饰物均别具风格，体现中西文化在其生活中的融合，还有一些老照片，也足以见证土生葡人在澳门的居住状况，反映了中葡

• “龙环葡韵”的土生葡人之家

文化的融合，这正是澳门这座小城的文化写照。

这里是一片海湾，环境安静而优雅。整个景区包括龙环葡韵住宅式博物馆、嘉模教堂、氹仔图书馆、氹仔市政花园和十字花园。博物馆前面更是一片红树林湿地，可以观赏到黑脸琵鹭、白鹭、灰鹭、翠鸟和鸳鸯等鸟类。因此，“龙环葡韵”景区被评定为澳门八景之一。

（写于2014年10月）

台湾乡村印象

对于农民出身、从农村走出来的我来说，对土地和农民有一种天然的感情。宝岛台湾有着得天独厚的自然条件，虽然台风和地震等自然灾害频发，但雨量充沛，气候温和，土地肥沃，山川秀美，十分有利于农业生产。

在台湾亲历地震

2009年12月19日晚上19点03分，我正在台中市的一家宾馆里用电脑与北京家中的妻子通话，突然桌子摇摆起来，茶杯发出了响声，书和报纸滑落到地上。我意识到：地震了！

台湾行

面向人间的佛教

随着台湾经济的腾飞，特别是众多高僧的弘法，近几十年来台湾的佛教有了长足的发展，最有代表性的是所谓的『四大丛林』，即：证严上人的慈济功德会；星云大师的佛光山；圣严法师的法鼓山；惟觉老和尚的中台禅寺。这四大丛林，几乎都有庞大的僧侣组织和百万信徒，广袤的庙宇和巨额的资产，还兴办了学校、医院，并拥有自己的报纸、电视台，等等，在岛内和两岸三地乃至国际上都产生了广泛的影响。

以文化人　以人化文

包括文化设施在内的台湾文化建设，是在继承中华民族传统文化的基础之上，由今天的台湾同胞于两岸长期分治的特定历史条件下，在中华文化这棵参天大树上生长出来的一朵奇葩。同是中华文化根脉滋养的两岸同胞，还有什么理由不携起手来，戮力同心，共图中华民族伟大复兴的鸿图大业。

• 位于台南市的台湾城遗址

面向人间的佛教
——台湾的四大丛林

台湾的宗教信仰是十分普遍的，也是多元的，佛教、道教、伊斯兰教以及基督教、天主教等，都有广泛的信徒。

据说，信众最多的是道教，也就是信奉保佑出海平安的天后妈祖，这对于身居海岛、世代与海相接的台湾人来说，当然是很好理解的。因此，台湾的道教同大陆东南沿海一样，与大陆内地的道教有所不同，内地的许多著名的道观洞府多藏于名山，如江西的龙虎山，四川的青城山；而台湾的天后宫、妈祖庙则永远与市井为伴，绝不在山林之中，如北港的朝天宫和台南的天后宫，都在人烟稠密的街市中心。大陆沿海如福建湄洲妈祖庙、天津天后宫等亦是如此。

信奉基督教和天主教等西方宗教的信徒，近年来似乎有增多的趋势，无论是城市还是乡村，在金碧辉煌的佛寺和妈祖庙之间，不时也能看到高悬十字的尖顶教堂。

而台湾的佛教，不仅信众少于道教，历史也不及道教悠久。但是，随着台湾经济的腾飞，特别是众多高僧的弘法，近几十年来台湾的佛教有了长足的发展，最有代表性的是所谓的“四大丛林”，即证严上人的慈济功德会，星云大师的佛光山，圣严法师的法鼓山，惟觉老和尚的中台禅寺。

这四大丛林几乎都有庞大的僧侣组织和百万信徒，广袤的庙宇和巨额的资产，还兴办了学校、医院，并拥有自己的报纸、电视台，等等，在岛内和两岸三地乃至国际上都产生了广泛的影响。

四大丛林就其地域分布而言，恰好南、北、中、东各一。法鼓山在台北县，位于台湾北部；中台禅寺在台中的南投县，即台湾中部；佛光山在高雄县，号称“台南佛都”；慈济在花莲县，居台湾东部。当然，每大丛林在台湾各地乃至海外还有各自的分支机构。就其承继祖庭与弘法方式而言，四大丛林既各有所宗、各具特色，又有一个明显的共性，就是紧跟时代步伐，弘扬“人间佛教”，也就是推动佛教面向人间，服务社会。

证严上人是一位瘦弱而坚强的伟大女性，也是四大丛林中唯一一位比丘尼佛教领袖。她出生于台中一个富裕家庭，因父母多病，自幼出入寺庙，为父母消灾祈福。25岁自行剃度出家，后皈依印顺长老为师，秉持师命“为佛教、为众生”，于1966年在花莲县创办“慈济功德会”。从最初竹筒里省下的五毛钱到今天募集的上百亿善款，从最初只有30多个信徒到现在的400万会员，从最初花莲起步到如今在全球60多个国家设立分支机构，证严上人和慈济人创造了不可思议的人间奇迹。他们奉行“慈悲为怀、济世救人”的宗旨，哪里有灾难，哪里就有慈济人的身影。慈济的慈善志业，涉及赈灾、环保、骨髓捐赠、干细胞移植等多个方面，他们的足迹遍及世界各地，如非洲、阿富汗、科索沃，当然也包括中国大陆，如2003年的SARS（“非典”），2008年的汶川地震。在台湾，我们随时随处都可以看到慈济义工在为各种善事忙碌，他们中有老板、富商、官员、明星、妇女、学生，不同国籍、种族、宗教信仰的人，纷纷投身于慈济事业中。据说，台湾每五个人中就有一个人或多或少参加过慈济教育、文化、医疗、慈善的事业和活动。因此，慈济以其非凡的慈善业绩，于2003年以“台湾佛教慈善基金会”的名义正式成为联合国非政府组织，证严上人也被誉为“东方特蕾莎”，多次获得诺贝尔和平奖提名，有人则干脆称之为“人间观世音菩萨”。

法鼓山的圣严法师已于2009年2月圆寂。马英九等台湾政要亲往吊唁，马英九作为法师的弟子，还亲手安放了师父的舍利函下葬。大陆国台办主任王毅、宗教局局长叶小文和佛教协会会长一诚长老均发去唁电。足见圣严法师在台湾佛教界的地位。圣严法师是江苏南通人，14岁在家乡狼山广教寺出家，后从军到了台湾，曾任国民党军情人员。1960年退役后再入佛门，并到日本求学获得博士学位。圣严法师学成后，回到台湾师承农禅寺东初老人，1977年老人圆寂后接掌佛门事务，1989年在台北县金山乡购地创建法鼓山。圣严法师是台湾少有的“博士”僧、学问僧，对佛学有极为精深的研究，是一位大学者、作家、教育家。他一生用中、日、英三种文字写下了百余种著作，如《正信的佛教》、《戒律学纲要》、《禅修指引》、《放下的幸福》、《智慧人生书》、《美好的晚年》等都是台湾长盛不衰的畅销书。圣严法师提出“提升人的品质，建设人间净土”的理念，主张以大学院、大普化、大关怀三大教育推动全面教育，相继创办“中华佛学研究所”、法鼓佛教学院、僧伽大学、法鼓大学等院校，又担任台湾多所大学的硕士、博士研究生导师。他发起“心灵环保”、“心五四运动”、“心六伦”等社会运动，影响相当广泛，因而他被誉为“全体台湾人的精神支柱”。

以上两大丛林，可惜在台期间无缘拜访其大本营，而佛光山与中台禅寺则有幸结缘，更有切身的感受。

先说说中台禅寺。中台禅寺位于台中南投县埔里镇，与日月潭邻近，仅20分钟的车程。也许因为这一关系，中台禅寺成了来台必去的旅游景点。也许与日月潭没有多大关系，完全是其自身的特色和魅力所在，吸引了广大游客。

我们从台中市出发，大约一小时的车程，便来到了中台禅寺。远远地望去，禅寺如一座巍峨的高山，建筑极为雄伟壮丽。为台湾著名设计师李祖原居士设计，也就是台北101大厦的设计者。设计之前遍访世界各大寺庙和教堂，以吸取所长和激发灵感。惟觉老和尚亲自主持，历时10年，耗资40亿台币，于2001年9月1日正式落成开光启用。中台禅寺建成后却褒贬不一，赞扬者认为其突破了一般寺庙的格局，是一种大胆的创新；反对者则以为不中不西、不伦不类。但不管怎样，建筑的规模之宏大，气势之弘廓，用料之考究，设备之先进，都令人叹为观止，无怪乎人们要冠以“五星级”寺庙的雅号。

这里没有一般寺庙的山门，我们在寺前下车，顺一坡道拾级而上，颇似西藏布达拉宫。进门后受到寺方接待，副主持见尊法师在会客室与我们交

• 中台禅寺

谈、品茗，安排一比丘尼陪同参观。在一层大殿，我们看到高大无比的四大天王，感觉比古埃及神庙的神像还要壮观。二层是大雄宝殿，供奉着释迦牟尼佛，据说是由印度的红花岗岩雕琢而成。从二层我们直接乘电梯到达十六层，由上而下参观。无论是佛殿还是禅堂，都清雅敞亮，美轮美奂，没有普通寺庙那种香烟缭绕、嘈杂拥塞的感觉。整个寺庙不设香案，不点香火，佛像前敬献的是鲜花睡莲，完全符合当下提倡的低碳环保理念，我以为这样的礼佛方式实在值得推广。

参观禅寺一个多小时，接着再去参观禅寺的博物馆。当时正逢浙江省博物馆有关阿育王塔（即雷峰塔）的专题文物展在此借展，这是难得一见的。我们先参观了这个专题展，再看禅寺常设展。中台禅寺自身收藏的文物，大都与佛事相关，按照材质的不同（如铜、铁、木、石、纸、帛等）分类展示，颇多珍

• 中台禅寺的礼佛大厅没有香火，只有鲜花供奉

品。博物馆的馆长是一位比丘尼，有博士学位，亲自为我们讲解。就其设施和展示手段而言，即使与普通公共博物馆相比也毫不逊色，堪称一流。

参观结束后，回想见尊法师在接待我们时提到惟觉老和尚提出的佛教“五化”，即科学化、艺术化、生活化、教育化、学术化，在这里得到了充分的体现。佛教如何与现代生活相结合，到了中台禅寺一定能得到某些真谛。这的确是一座与时俱进的丛林（笔者注：“与时俱进”是陪同的比丘尼一路讲得最多的一句话），佛教现代化在这里可以说达到了极致，留下了时代的印迹，即此一端其功亦伟矣。

• 佛光山寮房前的“小沙弥”

惟觉老和尚是四川营山人，多年来一直坚定地维护祖国统一，推动两岸宗教文化交流。早年提出“三通”论：“两岸未通，宗教先通；宗教未通，佛教先通；佛教未通，中台先通。”前些年岛内台独分子搞所谓“公投”，惟觉老和尚坚决反对这种分裂国家的行径，呼吁“绝对不领公投票”。近年来，选送了多

位中台禅寺的年轻法师到四川大学和中国社会科学院攻读博士学位。今年不顾80多岁的高龄，还专程来大陆参观了上海世博会。

最后说说佛光山。佛光山位于高雄县与屏东县的界河高屏溪北岸，原本是一座荒山，星云大师于1967年购得此地，率领众徒披荆斩棘，苦心经营几十年，现已成为绿树成荫、殿宇相接、气象万千的佛教圣地。

星云大师是佛光山的开山宗主，在台湾宗教界享有崇高地位。不仅如此，他把佛教事业发展到全世界，是一位享有国际声望的高僧大德。但通过几次接触和交谈，感到大师其实是一位平易近人的长者、谈吐幽默的智者。

与星云大师结缘，要感谢我院音乐研究所所长田青先生。他早年通过赵朴老拜会了星云大师，后来又在大师创办的佛光大学任教，因而与大师十分熟悉。我们第一次与星云大师见面是在台中别院（佛光山在台湾各大城市都设有这样的分支机构），大师一连讲了几个机智幽默、寓意深刻的笑话，令人捧腹。随后不久，我和田青应邀参加在台北别院举办的星云大师“一笔字书法展”开幕式，与大师交谈，得知大师与家父同年（1927年生人），更有了亲近之感。大约半年后，我与田青竭力推动，星云大师“一笔字书法展”于2010年5月在北京中国美术馆展出，大师亲临现场讲话，并到我们中国艺术研究院作了演讲，受到热烈欢迎。在京期间，我陪同大师多日，对大师有了更多的了解。

星云大师是江苏江都人，12岁在南京栖霞山出家，后入栖霞律学院修学佛法。1949年春组织僧侣救护队来台湾，早年主要在宜兰弘道，历尽艰辛。创建佛光山后，以弘扬“人间佛教”为宗风，树立“以文化弘扬佛法，以教育培养人才，以慈善福利社会，以共修净化人心”的宗旨，致力推动佛教教育、文化、慈善、弘法事业。先后在世界各地创建200余所道场，如西来、南天、南华等寺，分别为北美、澳洲、非洲第一大佛寺。并创办9所美术馆、26所图书馆、1家出版社、12所书局、50余所中华学校、16所佛教丛林学院，暨智光、普门、均头等完全中小学，美国西来、台湾佛光、南华及澳洲南天等大学，实

• 佛光山的佛光缘美术馆总馆

• 佛光山宗史馆陈列的星云大师著作

• 与音乐学者田青同游佛光山

现了自己“佛光普照五大洲”的宏愿，开创了前无古人的佛教大业。

大师著作等身，著有《释迦牟尼佛传》、《星云大师讲演集》、《佛教丛书》、《佛光教科书》、《往事百语》、《佛光祈愿文》、《迷悟之间》、《当代人心思潮》、《人间佛教系列》、《人间佛教语录》等，并翻译成英、日、德、法、西、韩、泰、葡等十余种语言，流通世界各地。据大师告诉我，他青年时代从事过文学创作，写过小说、剧本，主编过杂志，因此大师的著作，无论是宣扬佛法还是劝导善行的书籍，都明白晓畅，引人入胜。

• 与星云大师合影

这是我拜读了大师相赠的几部著作之后的一点感受。

星云大师早在58岁的时候，就极为明智地退出了佛光山主持事务。但是，在大师制定的一套科学而严密的制度下，佛光山的事业依然蓬勃发展。在佛光山，佛光缘美术馆总馆长如常法师陪同我们参观了禅堂、寮房、书店、大佛城、大雄宝殿、大悲殿、大智殿、美术馆、宗史馆……无处不感受到大师的精神和魅力。最后，参观了正在建设中的佛陀纪念馆，这是一片规模宏大的建筑群，繁忙的建筑工地预示着佛光山明天更加美好的前景。

（原载《人民日报·海外版》2010年10月19日）

以文化人　以人化文

——台湾文化设施扫描

在台一月，接触最多的是文化界，参观最多的是文化设施。我们拜访了许多文化单位，如图书馆、博物馆、纪念馆、美术馆、展览馆，包括大学、文化产业机构、文化行政机构，与台湾的文化同行进行了广泛的交流，对台湾的文化设施留下了总体的印象。

一

台湾的文化设施大体上分为两类：一类是政府兴办的公共文化服务性质的；另一类是民间兴办的，一般都是营利性的，有的也具有一定公共性。政府兴办的公共文化设施，面向全体公众，一般都免费开放，但也有一些机构象征性收取一点费用，必须购买门票才能进入，实际上是为了调节和限制观众人数，如台北的故宫博物院、台中的自然科学馆等。这一点与大陆的博物馆免费开放后，有的仍收门票，颇为类似。民间兴办的文化设施，有的属于企业或社会团体，有的属于个人，大都具有经营性质，有的与旅游相结合，如彰化县的台湾玻璃博物馆；但有的在经营的同时一定程度上也具有公益性质，如辜振甫先生在台北建的“新舞台”剧场。民间兴办的文化设施完全免费向社会公众开放的不多，这类机构要么属于慈善性质，要么有基金会支撑，如佛光山的佛光缘美术馆，无论是在佛光山的总馆，还是在各大城市的别院中设立的分馆，举办的各种展览都是免费向信徒和社会开放的。

政府兴办的公共文化设施当然是主流，占绝大多数。这些设施由政府投资兴建并负责管理，一般按照所属行政管理层次分为“国立”、“市立”或“县

● 彰化县辜振甫故宅

● 台中市的自然科学博物馆

立”等层级。所谓“国立”的文化机构，直属行政院文化建设委员会，如台北的“国立”历史博物馆、“国立”国父纪念堂、“国家”音乐厅、“国家”戏剧院等。但“国立”的文化机构并非都集中在台北，如台中就有“国立”台湾美术馆、“国立”台湾自然科学馆等，这大概是因为台中是著名的文化城市，历史上曾经长期作为台湾首府的缘故。而台北“国立”故宫博物院比较特殊，直接隶属行政院，负责人由台湾最高领导人任命，在台湾所有文化设施当中地位最高。市、县管理的文化设施，多带有地方特色或某一方面侧重点，如台北市美术馆侧重展示当代艺术，台北县莺歌陶瓷博物馆、苗栗县的三义木雕博物馆等，都是地方特色的专业博物馆。

● 台北县莺歌陶瓷博物馆中的展品

二

台湾文化设施的建筑各具特色，设备先进，即使

• 孩子们在台湾美术馆

• 苗栗县三义乡的木雕博物馆

与一些西方发达国家的文化设施相比较也毫不逊色。许多文化设施，成了市民学习知识、陶冶性情乃至休闲娱乐的理想场所。所到之处都是熙熙攘攘，很少见到那种门庭冷落车马稀的景况。

我们在台北国父纪念馆举办“根与魂——首届中华非物质文化遗产大展”，来参观展览的人络绎不绝，有的扶老携幼举家出动，有的甚至连续参观四五次，流连忘返，依依不舍。外面广场上，早晚都有不少散步锻炼的人，甚至一群群年轻人放着录音跳街舞。台中的自然科学馆简直是一部人类与自然界的百科全书，宽敞的展厅，先进的展示手段，神奇的自然现象，吸引着青少年们在这里汲取丰富的科学知识。走出展厅，周边是绿草如茵的草坪和各种珍奇植物构成的森林，仿佛置身于一个巨大的植物园中。唯一感到拥挤的，就是台北的故宫博物院，当时正赶上与北京故宫博物院合办的“雍正大展”在此展出。两岸故宫第一次联手推出这样的大展，许多珍品，我们在北京平时也是难以见到的，何况台湾同胞呢，盛况可想而知。因此，尽管有周功鑫馆长的特别关照，我们一行两个小时的参观，几乎都是被人流推着走的。

有的文化设施是在原有古旧房舍的基础上改建而成的。“文建会”设在台中的“文化资产总管理处筹备处”，所在的位置就是由一家酒厂的厂房改造而成

• 作者在台中“首届中华非物质文化遗产大展”记者会上讲话

的，计划在这里建设一座文化创意园区。我们的“非遗”大展，从台北转移到台中，就在略加改造的酒厂车间里展出，几间厂房一字排开，称之为“五连栋”，倒是天造地设的绝佳展览场所。位于台南的“国立”台湾文学馆，馆舍是一座近百年的历史古迹，曾经是日据时期的台南州厅所在，战后被用作空战供应司令部，后经“国立”文化资产保存研究中心奔走呼吁，将此建筑修复一新，辟为台湾文学馆。现已成为全台湾的文学收藏、展示、研究和教育中心。在彰化鹿港镇有一座民俗博物馆，实际上是辜振甫先生的故宅，兼有民俗馆和故居双重功能。这是一个很大的院落，一部分建筑用来展示当地的民俗，一部分展示辜氏家族的历史，其中有一栋西洋风格的楼房，外观典雅精致，陈设豪华气派，显示出当年辜家富甲一方的气势。还有张大千的故居“摩耶精舍”，阳明山的“中山楼”和“阳明书屋”，这些让人们寻访名人遗踪的所在，也都清幽古雅，风华犹存。

近年来新建的文化设施也不少。在台北，我们参观了“两厅院”。其正式

• 作者与台湾艺术大学校长黄光男先生（右）在北京孔庙合影

• 作者与台湾美术馆馆长黄才郎先生（左）交谈

名称是"'国立'中正文化中心"，由"国家"音乐厅和"国家"戏剧院两部分组成。建筑风格为传统中国宫殿式样，气势雄伟，内部设备先进，材质精良，富丽堂皇，其中音乐厅的管风琴是亚洲最大的管风琴。整个建筑耗资70亿台币，于1987年10月正式落成启用，现已成为台湾顶级的表演艺术场所。我们访问了台北艺术大学，这是继台湾艺术大学之后，又一所新兴的艺术方面的高等学府。朱宗庆校长陪同我们参观了校园和他们大学的美术馆、音乐厅和一些利用现代高新技术与艺术结合的研究机构，如科技艺术中心、电算中心等，设施之完善，设备之先进，给我们留下了很深的印象。我们在台中参观"国立"台湾美术馆，也是一座园林式的现代化的美术馆。1988年开馆运营，1999年"9・21"大地震遭受严重损毁而闭馆5年修复重建，2004年重新开馆。犹如凤凰再生的新美术馆，强调开阔性与亲和性的空间，改变过去美术馆刚硬且严肃的传统意象，积极营造21世纪美术馆兼具艺术知性与休闲功能的崭新面貌。目前，这里以台湾明清以来包括当代的美术作品为主要典藏，整个园区占地面积10万平方米，是亚洲最大的美术馆。

三

台湾文化设施的管理也堪称一流，这首先取决于管理者自身的素质。我们注意到，台湾一些文化设施的负责人，包括文化行政机构从“文建会”到各地文化局局长，大都具有博士、硕士学位，或者曾经是大学教授，或者是某一方面的专家学者。“文建会”是行政院文化建设委员会的简称，是台湾文化方面的最高决策领导机构，据说不久将改称“文化部”。现任主委盛治仁，1968年出生，是美国西北大学的博士，曾是东吴大学教授。副主委李仁芳，台湾政治大学博士，曾经担任辅仁大学、政治大学教授。刚离任的副主委张誉腾，是英国莱斯特大学博士，是生态博物馆方面的专家。文化总会会长刘兆玄，是加拿大多伦多大学博士，曾任台湾清华大学和东吴大学校长。文化总会秘书长杨渡，是台湾著名报人、诗人、作家。台北故宫博物院院长周功鑫，是法国巴黎第四大学艺术史与考古学博士。国父纪念馆馆长郑乃文，法学博士。历史博物馆馆长黄永川，著名画家、教授……我还想起前些年读到当时担任台北市文化局局长的龙应台写的《文化是什么》等文章，深感她不仅是一位优秀的作家，也是一位十分敬业而尽职的文化局长。

就我所接触到的台湾文化机构的管理者，不仅有高学历，也有丰富的管理经验和先进的管理理念。黄光男博士，在台湾文化界是赫赫有名的人物，他曾先后担任台北市美术馆馆长，历史博物馆馆长，博物馆学会理事长，台湾艺术大学校长等职。他在担任台湾历史博物馆馆长期间，顶着压力成功举办了秦始皇兵马俑大展。他执掌台北市美术馆近20年，上任才三年时间，就使原本籍籍无名的台北市立美术馆影响力大增。他反对博物馆市场化，认为博物馆只要管理得好，永远都会赚：赚文化、赚知识、赚尊严、赚内涵，它是无形的软实力。现任台湾美术馆馆长黄才郎，在台湾美术界人脉丰沛，曾先后担任台湾三大美术馆的馆长，在高雄市立美术馆和台北市立美术馆任馆长达12年之久，并担任过台北市文化局副局长及文建会第一、第三处处长，

• 作者在北京接待台湾文化总会会长刘兆玄先生（右）和夫人

历练十分丰富。2009年就任台湾美术馆馆长，大力推行公共艺术“民众参与”，建立以台湾美术馆为核心的文化生活圈，结合展览、研究、教育、典藏与休闲功能，让台湾美术馆走进普通百姓生活中。

我们在台湾这些文化设施参观，发现一个共同的特点，就是无处不活跃着“义工”或“志工”的身影。据台北故宫博物院周功鑫院长介绍，他们的正式员工有600人，而义工就有500人之多，二者几乎人数相等。这些义工完全是义务服务，不领取分文报酬，按照其专长分配工作，从讲解员到清洁工各种层次都有。义工们把服务当作难得的学习机会和为社会贡献力量的渠道，而馆方不仅节省了大量人力和管理成本，而且通过义工的形式，建立了广泛的社会联系，把文化和文化设施与社会大众紧密融合到一起。这实在是功德无量的好事，值得我们学习借鉴。

四

在这篇文章即将结尾的时候，我想到了《周易》上“以文化人”的古训。由此，反过来我又想到另一层意思，“文”可以“化”“人”，“人”亦可以“化”“文”。因此，我给本文冠以“以文化人，以人化文”这样一个也许不合文法的标题。这就是说，“文化”既作用于“人”，“人”也作用于“文化”（因为文化是由人创造和传承的）；一定的“文化”既造就了一定的“人”，一定的“人”又造就了一定的“文化”，这就是“文化”与“人”的辩证关系。难道不是这样吗？文化设施，需要人去建设；文化产品，尤其是代表一个民族和时代的文化精品，需要人去创造；文化遗产，需要人去保护和传承；文化理念，需要人去推动；文化活动，需要人去组织；……因而，包括文化设施在内的台湾文化建设，是在继承中华民族传统文化的基础之上，由今天的台湾同胞于两岸长期分治的特定历史条件下，在中华文化这棵参天大树上生长出来的一朵奇葩。

当我在寻访鹿港龙山寺，欣赏那建于清初的庙宇建筑群中精湛的木雕和楹联的时候，当我在凭吊台南孔庙、文昌阁和纪念郑成功的延平郡王祠的时候，我深为中华文化泽被方外海岛的伟大力量而震撼；当我漫步在台湾科技馆、台湾美术馆这些文化设施的时候，我又为台湾同胞卓越的当代文化创造而深深的敬佩和感动。客观地说，也毋庸讳言，就总体而言，台湾的文化建设特别是人的素质是高于大陆的，至少在传统文化的保存方面是优于大陆的。这是先后两任文化部部长孙家正、蔡武都讲过的话。目前，两岸的文化交流处在一个十分积极、活跃、互补、融洽的发展阶段。同是中华文化根脉滋养的两岸同胞，还有什么理由不携起手来，戮力同心，共图中华民族伟大复兴的鸿图大业，共图中华文化伟大复兴的鸿图大业！

（原载《学习时报》2010年11月22日）

台湾乡村印象

对于农民出身、从农村走出来的我来说，对土地和农民有一种天然的感情。在宝岛一个月来，忙于在城市间穿行，难得有机会到乡下走走。有时乘坐高铁和大巴从乡间呼啸而过，或者偶尔有一两次接近农村，但也无缘深入农户，因此对台湾的乡村只留下一些表面的、初浅的、片段的印象。

台湾的乡村很美

宝岛台湾有着得天独厚的自然条件，虽然台风和地震等自然灾害频发，但雨量充沛，气候温和，土地肥沃，山川秀美，十分有利于农业生产。我们在台湾的时候，已经是年末十一二月了，从北京出发时早已天寒地冻，万物萧条；而一到台湾下了飞机，则是满眼翠绿，一派生机，感觉不到丝毫的寒意。只有到了阳明山，霜林尽染，红叶点翠，才能感受到秋色的壮美。我们参访团从台北一路往南，经台中到台南再到高雄，沿途经过了无数的村庄和田野，内心不由得赞叹：台湾的乡村真美！

经过苗栗时，安排我们参观华陶窑。这是一个乡间的陶瓷作坊，主人陈文辉夫妇在此开创基业已近30年，一心保持台湾传统陶瓷制作工艺，并营造了园林景观为一体的休闲度假的理想场所。我们在马路边下了车，眼前是一片已经收获过的稻田，田间不知是燃烧稻草还是什么，轻烟袅袅，这是我们南方乡村最常见的景象，感觉与家乡依稀相似，心中不免一阵激动。当我们沿着田间小路来到依山而建的华陶窑时，却令我们大开眼界。热情的主人用古老的敲钟仪式迎接我们，并让我们参观了他的工作室和柴窑，一件件用传

• 代表团全体成员在华陶窑合影（前排左四为文化部副部长赵少华，左五为主人陈文辉，右一为作者）

• 华陶窑欢迎我们的标语

统工艺烧制而又富于现代气息的陶艺作品美不胜收。主人还特别介绍，他们采用山中的相思树的柴火烧制的作品，不同于现在通常使用的电和液化气的现代窑，在色彩和窑变方面有特殊的效果。主人领着我们参观了多年经营的园林，有各种珍奇的热带林木和花草，其中有99株梅花，是从他妻子的家乡移植过来的（寓其夫妻恩爱、天长地久之意），每到花开时节，游人如织，胜友如云。主人不无骄傲地告诉我们，大陆的许多名人都到过这里，前些日子余秋雨先生就在这里住了好几天，还题了诗。的确，主人的情趣是极不俗的，不仅这里的园林景观可以体现其美学观念，而且其建筑的红砖、黑瓦、木门以及门廊上张挂的对联和诗句，都无处不体现出雅趣来。当热情的主人陈先生安排工作人员留我们吃午饭的时候，自己却背起背包与我们道别给人讲课去了，我们则在此饱餐了一顿原汁原味的乡间美食。

如果说华陶窑不能算是地道的乡村，那么我们在南投县埔里镇一家名叫“牛相触”的农家餐馆，算是再一次体验到真正的乡村之美。那天我们去参观日月潭，已到近午时分了，我们便在镇上停下车来，在马路边随意找了一家餐馆用午餐。一进门，是一个不小的庭院，有小桥流水点缀，各种花木修

• 乡间餐馆“牛相触”的牌匾与庭院

剪得体，后院有停车场，侧畔小溪，流水淙淙。院内有人在欣赏花木，有人坐在籐椅上晒太阳，有人在廊下试听CD（供销售的），可见光顾的食客不少。不一会儿，一桌香喷喷的农家饭就做好了，我们吃到了从来没吃过的炒槟榔花等当地特产。特别值得一提的是不下二两一块的红烧五花肉，每人一块，连女士也毫不相让，大家吃得赞不绝口。尤其让我们惊奇的是，这间乡村饭馆不仅环境优雅，饭菜可口，而且还有一个耐人寻味的名字：牛相触。这使我想起一则古代笑话，两邻家水牛角斗，一牛触死，二人告到县衙，县官判曰：“两牛相触，一死一生；死者同食，生者同耕。”显然县官是善意提醒两家邻居要和睦相处，不知“牛相触”这名字是否与此有关。

台湾的农业现代化程度很高

来台之前就听说台湾的农业很发达。来到台湾后，先从北到南，后又由南返北，所见所闻，感到台湾的农业现代化程度确实很高。各地几乎所有的农田都已用水泥或石块砌好田埂和水渠，以便于机耕和排灌，同时还减省了

• 收获后的稻田以及用水泥修筑过的田埂和水渠（苗栗县）

修整田塍地坎的劳动量。凡是种过田的都知道，一年到头在修整田塍地坎上要花费多少劳力和工夫，而用水泥或石块修整过后就一劳永逸了。如今，"田成方、林成行、沟相通、路相连"的农田规划已基本实现，为台湾农业现代化打下了一个良好的基础。

台湾十分注重农业科技的创新研究和实际应用，真正实现了产学研结合。目前，台湾在农业品种的改良、食品加工技术、自动化技术研究等方面在国际上处于领先水平，农业科技贡献率达60%以上。特别是以水果为主的地区品种更新很快，新品种层出不穷，提高了台湾农业的竞争力。台湾农业的生产结构已逐渐由以种植业为主的单一的传统农业，逐渐转变为农林牧渔综合发展的多元化农业与商业性农业。

大家知道，台湾的水果多，质量好，近年来两岸实现了三通，经济合作和贸易往来日益密切，不仅使大陆同胞能够品尝到新鲜的台湾水果，也解决了台湾果农产品销路和价格问题，这实在是惠及两岸同胞的大好事。我们在台中和台南地区，经常可以看到漫山遍野的槟榔树和大片的果林，令人赏心悦目。

我们在台中的时候正好赶上"江陈会"，这已经是第四次两岸合作制度性洽谈，大陆海协会会长陈云林与台湾海基会董事长江丙坤，在前三次签署九项合作协议的基础上，又签署了两岸渔船船员劳务合作、两岸农产品检验检疫合作、两岸标准计量检验认证合作三项协议，惠及渔农工商诸方面，标志着两会协商的成果正在向两岸基层民众倾斜，为两岸同胞所共享。双方也同意继续就两岸避免双重征税及加强税务合作议题进行讨论，适时签署协议。并同意将商签两岸经济合作框架协议作为第五次两会会谈重点推动的协商议题。这些成果实在是有利于两岸同胞福祉和经济合作，尤其是台湾农民大为得益的好事情，却遭到“绿营”的百般抵制和捣乱。他们上街游行，每人手中拿着一件“武器”——云林县盛产的一种水果“云林橙”，喊的口号是“捏扁‘云林橙’（与陈云林同名），抵制‘江陈会’”。妄图以此来抵制两岸的水果贸易，真是令人笑掉大牙。

台湾已经实现城乡一体化

以我有限的见闻，感觉台湾的乡村与城市已没有什么太大的差别，城乡完全一体化，或者说乡村基本上实现了城市化。

在大城市周边地区的农村，与城市已经连为一体，有的成了城市的一个新区，这是当今城市膨胀的必然趋势，与大陆的许多城市和郊区完全相同。但是到了远离城市的村镇（虽然我还没有到过特别僻远的乡村），也依然与城市没有多大差别，这就与大陆有所不同了。即使广东、江苏、浙江等经济发达地区，城乡差别似乎也并不太大，但与台湾相比还是有一定差距。城市的公共设施，如街道、路牌、路灯、下水道、公交车乃至邮局、医院、学校、商店，等等，在台湾的乡村一应俱全，与城市没什么两样。甚至乡间的高档汽车也不比城市少，一天我们在彰化县鹿港镇的一家极普通的农家餐馆午餐，我就注意到餐馆门口停泊的汽车大都是奔驰、宝马等好车。老百姓的住房宽敞，生活便利，较之城市居民的生活质量，可以说是有过之而无不及。在台湾的乡村，虽说看不到大城市那样的摩天大楼，却拥有青山绿水、

• 三义木雕博物馆一侧的“四月雪小径”

田园风光；只不过少了几分都市的喧嚣，多了几分乡村的宁静。

台湾方面给我们安排了参观苗栗县三义乡木雕博物馆的日程。我们在前面提到的华陶窑午餐后，乘坐大巴不一会儿就到了。在博物馆观赏了精美的木雕艺术品，我们又来到木雕一条街选购纪念品。街道上游客熙熙攘攘，店铺林立，窗明几净，木雕工艺品琳琅满目，其他一些当地特产也丰富多彩，热情好客的店主向我们推荐自己的产品，却不像有些地方的商人强行让你非买不可。比起城市的某些商业街区，毫不逊色。更让我惊喜的是，博物馆的一侧还有一处供人们游憩的森林公园，并有一个富于的诗意的名称——“四月雪小径”。我不知取意所自，顺着林中小径走了一段，湿润的空气沁人心脾，好不惬意。

据说，从90年代开始，台湾加快经济转型步伐，致力于发展“精致农业”和“休闲农业”，引导农业向更高层次发展，并将农村工作重点转到“富丽农村”的建设上来，对均衡经济发展、缩小城乡差别、维护生态环境、提升农民生活品质产生了积极的推进作用。南投县的仁爱乡就是一个很好的例子。这里海拔较高，雨量丰沛，气候宜人，景致清幽，被誉为“人间清境，雾上桃园”，是台湾最佳的高山旅游和避暑胜地。当地利用2000公尺

● 清境农场的高山农业

的高山草原，开发了观光牧场；依托这里特殊历史条件下形成的云南多个少数民族聚居和周边的泰雅族、赛德克族等多元族群的文化风貌，开发了少数民族风情旅游。这里又是著名的“百合之乡”，现已培育出几十个品种的香水百合，名闻遐迩，成为全台湾最大的供应地之一，也是本地居民的主要经济作物。这里还盛产高山水蜜桃、猕猴桃、水梨等高山水果和多个品牌的高山茶。这些条件使得这里真正成了“富丽农村”——农民富裕，环境美丽。仅以家庭开发的为旅游配套服务的“民宿”一项而言，这里的老百姓就挣得了大把的抄票。

台湾艺术大学黄光男校长曾对我说过一句话：“要看台湾就到乡下去。”此话有理，乡村都那么美好，城市还用说吗？！

（原载《中华文化画报》2010年第11期）

在台湾亲历地震

台湾是地震频发地区，没想到在台一个月当中，我们就赶上了一次不小的地震，留下了难忘的记忆。

2009年12月19日晚上9点03分，我正在台中市的一家宾馆里用电脑与北京家中的妻子通话，突然桌子摇摆起来，茶杯发出了响声，书和报纸滑落到地上。我意识到：地震了！

摇晃大概持续了半分钟，我还在继续与妻子通话，告诉她发生了地震但不必担心，便迅速关闭了电脑。这时候，田青从隔壁房间打来电话，要我赶快下楼。我们快步来到电梯口，但电梯已经关闭。我们只得从楼梯往下走，这时候过道和楼梯里都挤满了人，我们随着人流来到了地面。

宾馆的门口站立了很多人，似乎是大陆来的居多，大家都面露惊恐的表情，在互相寻问或打手机。我和田青商量，赶紧与我们大队人马取得联系。因为我们这次组团来台湾举办首届中华非物质文化遗产大展，作为团长的我和顾问田青被安排在这家宾馆，而其他工作人员和传承人大约50余人住在距离展馆较近些的另一家宾馆。我们不知道他们的情况如何，马上拨打他们的手机，一连打了几个人的都打不通。与台湾方面的几位工作人员联系，也一样打不通电话。我们给北京打电话也不通，一时间通讯完全中断了。于是，我们决定立即打计程车到大队人马的驻地。

从宾馆出来很快就打上了车，我们注意到，虽然人行道上熙熙攘攘地站了很多人，但大街上依然车水马龙，川流不息，商店照常营业，灯火通明，似乎并没有受到太大的影响。我们在计程车上听到收音机里不断播报有关地震的消息：这次地震震中位于台湾中部花莲近海25公里处，深度46公里，震

• “9·21”大地震后重建的台湾美术馆

级6.8级，全台湾岛均有强烈震感，台北、台中都在5级以上，台南、高雄4级，并波及到大陆东南沿海，广州、香港、厦门、福州、杭州、南京等地也都有明显震感。岛内的几条高速铁路和地铁全部停开，部分机场关闭。

大约十几分钟，计程车就把我们送到了大队人马的驻地。宾馆的大堂里尽是我们的人，大家看到我们这么短的时间内就来到他们中间高兴极了，纷纷向我们叙述他们这里的情形。有几个年轻的小姑娘从来没有经历过地震，吓得哇哇大哭；有几位上了年纪的传承人睡得比较早，地震后立刻穿着短裤、打着赤脚就往楼下跑……我们在宾馆呆了大约一小时，大家的情绪慢慢稳定下来，有的回房休息，有的给家人报告情况，有的在大堂看电视直播地震的消息，我们也就与大家告别，返回自己的宾馆。在返程的出租车上，我和田青都给家里打通了电话，好让家人放心。地震后一度中断的电讯已经恢复正常了。

回到宾馆，打开电视，几乎所有的频道都在直播地震的消息。从画面看来，这次地震虽然震级不小，范围很广，但由于震源在近海，震源深度较深，破坏性似乎不大。除了震中花莲一带有个别人员受伤，并没有死亡的消息报道。电视中反复出现的一个画面，就是台北一户人家楼顶的水塔由于安装不稳，被震落下来，砸毁了楼下停在那里的一辆小轿车。另外，就是一些店铺货架倾倒散落，或者路面出现裂缝等图像。

第二天，电视里依然是铺天盖地有关地震的消息，报纸也都是地震的报道。我浏览后，发现大致与夜里的报道差不多，看来这次地震造成的灾害和损失不大。由于台湾是地震多发地区，平时十分重视对地震知识的普及和地震灾害预警系统的完善，尤其重视建筑物的质量和抗震性能，这些都是减少地震灾害损失和避免人员伤亡的根本保障和主要原因。

记得前几年在日本也经历过一次地震，也是一次震级较高并且有人员伤亡的地震。我们在大阪的宾馆里看电视，日本的新闻媒体也是连篇累牍地报

• 建在阳明山琉璜坑口的中山楼牌坊

• “9·21”大地震遭受重创的日月潭，新建的酒店更加坚固

道，电视更是不断地滚动直播。发现了新的死亡者，电视上马上就会列出名单，有姓名、性别、年龄及死亡地点等详细的信息。最让我们感动的是直播一处救援现场，山上滚落的巨石压住了一辆行驶中的汽车，车上有母亲带着10岁的儿子和3岁的幼女，由于地形复杂，起重设备难以靠近，完全靠救援人员手挖肩扛，经过长时间的抢救，最后母亲和儿子都已死去，只有3岁的女儿由于母亲死死护住才得以救活。电视持续几个小时进行直播，我们随着救援的进展而揪心，给我们留下了难以磨灭的印象。

日本是一个岛国，也是地震多发地区，平时也极为重视地震的防护，重视建筑物的抗震性能，一旦地震发生，不会惊惶失措，都能沉着应对。在救援当中，救援人员也都训练有素，不惜一切代价抢救人的生命，把人的生命和尊严放在至高无上的地位。

• 佛光山大佛城经受了地震的考验，大佛岿然屹立

在中国台湾、日本乃至世界上所有地震频发国家和地区，都十分重视对地震的防范和预警，老百姓也视地震如家常便饭，并不特别害怕。即使遇上那种毁灭性的大地震，如台湾1999年“9·21”大地震（7.6级，死亡2321人），日本1995年1月17日阪神大地震（7.2级，死亡6424人），也会相对地减少人员伤亡和财产损失的程度。

行文至此，电视新闻报道，新西兰南岛最大的城市克赖斯特彻奇市9月4日（2010）凌晨发生7.1级地震，看电视画面，街头瓦砾成堆，马路断裂，地震造成的灾害是十分严重的。但是，最终的报告却是“零死亡”，这简直是不可思议的奇迹。有关专家认为，这绝不是偶然的，主要归功于：一、新西兰的隔震技术世界领先；二、建筑质量把关严格；三、地震知识普及，减灾防灾措施得力。

• 暮色中的台北101大厦，目前为世界第一高楼，大厦第88~92层之间的抗震设备是一个重达730吨的巨型钢球，在地震或刮台风时能起到平衡作用

我国古代哲人荀子《天论》有言：“天行有常”，认为大自然的运行是有规律的，这些规律是可以被人们认识和掌握的。当然，大自然也有异常之时，有时候会发生奇异的自然现象：“星坠木鸣，国人皆恐。曰：是何也？曰：无何也，是天地之变，阴阳之化，物之罕至者也。怪之，可也。而畏之，非也。”在地震之类自然灾害面前，人类固然渺小和无奈，恐惧和害怕无济于事，只有积极主动地防范和应对，才是减少伤亡和损失的先决条件和应当采取的正确态度。

（写于2010年5月）

大学六记

30年弹指一挥间，现如今同学们大多已年过半百，青春时代的大学生活——尽管我们处在一个特殊的历史时期——那也是值得回味值得珍藏的。记忆的闸门一旦打开，大学岁月，波涌浪翻，滔滔汩汩，扑面而来，这里只能是撷取长河中的几朵浪花。

忆长青：乡缘·书缘·文缘

长青离开我们快一年了。他的妻、儿要出一本纪念文集，约我写篇文章。作为长青的同窗好友，我当然义不容辞，但往事渺茫，浮想联翩，竟不知从何下笔。我们相识相交近40年，这里只能说说我们的『乡缘』、『书缘』和『文缘』。

岁月留痕

我的微信名叫『文化老头』，是学生帮我弄的；微信图像是一匹马，因为我属马。今年是马年，岁在甲午，自我出生已经轮回了整整60个春秋，这就意味着我这匹老马即将卸鞍，今后将会有更多的闲暇时间与各位在微信群和朋友圈里见面。

附录

我敬仰的三位老师

在江西师大学习工作十余年，得到过许多老师的教诲和帮助，师恩难忘，永铭于心。在这些老师当中，最堪称经师人师，对我影响最大，令我最为敬仰的有三位，他们是胡守仁先生、余心乐先生、王克武先生。

大学者的平凡生活

周汝昌先生住在红庙附近一栋陈旧的家属楼里，这是中国艺术研究院当年的高知楼，院里好几位老先生都住在这栋楼里，如文艺理论家陆梅林先生，老延安、离休副院长黎辛同志等，我常常是代表院里挨家去看望几位老先生。

三个寿宴与两个笔筒

说来巧合，今年一年当中，为我最亲近的三位长辈庆贺了他们的七十华诞，一位是恩师，一位是领导，还有一位是亲人。更为巧合的是，纪念品居然不约而同地选择了笔筒。

袁行霈先生雕像诞生记

大约一小时左右，塑像便大功告成。大家围着塑像，都觉得十分精彩，塑出了先生的精神气质，眉宇间透露出先生的慈祥、睿智、儒雅与清逸，先生则补充说，甚至嘴角都透出了一丝对世俗的鄙视。

• 1991年6月，作者在北京大学博士论文答辩与全体答辩委员合影

我敬仰的三位老师

在江西师大学习工作十余年，得到过许多老师的教诲和帮助，师恩难忘，永铭于心。在这些老师当中，最堪称经师人师，对我影响最大，令我最为敬仰的有三位，他们是胡守仁先生、余心乐先生、王克武先生。

胡守仁先生

胡守仁先生是中文系年事最高、资历最老、学问最好的老先生之一，无论在系里还是在学校，大家都很尊重他，无论是学生还是老师，大家都称他胡先生。胡先生身材不高，微胖，脸上总带着笑容，对学生亲如子弟。

我从做学生时就开始与胡先生接触，留校工作之后又同在一个教研室，联系就更密切了。无论是独自一人还是和其他同学或老师一道去胡先生家里，最先迎接我们的是师母，随后胡先生一定要起坐把我们迎进他的书斋，待到离去时每次都要亲自送我们到门口。与胡先生相处，我们总是如坐春风，从来没有感到丝毫的拘束。在胡先生那间不大的书斋里，我们或探讨学问，或追忆往事，或针砭时弊，天南地北，海阔天空，无所不谈。记得有一次教师节我去看望他，谈着谈着就扯到了知识分子待遇的问题，胡先生说他新中国成立前在中山大学做教授时，家里请了两个保姆，一个奶妈专门带孩子，一个做家务。新中国成立后开始教授的工资还比较高，但只能请一个保姆了；后来工资减少了，就只好把在他家做了多年的老保姆辞退了，改请小时工。现在老伴（师母是小学教师）退休了，干脆小时工也不请了，买菜、做饭、洗衣都自己干。最近，北大、清华、复旦等大学给教师增加岗位

• 胡守仁先生（中）在指导校点《魏叔子文集》，右为作者，左为姚品文教授

津贴，分为九个等级（人们戏称为“九品中正制”），最多的一年5万。尽管江西师大一时可能还加不了，即使加了胡先生因为早已退休也加不上，但如此大幅度给教师加薪，胡先生一定会感到高兴的。

至于胡先生的学问，我辈真是难窥其堂奥于万一，自有先生的入室弟子予以总结和阐发。读了胡先生送给我的《韩愈叙论》，深为先生治学的严谨与平实、功底的扎实与深厚而敬佩不已。对胡先生的学问和治学精神感受最深、得益最多的，还是我们在一起校点《魏叔子文集》。大约是20世纪80年代初，由胡先生挂帅，姚品文老师和我共同参与，承担了古籍整理国家重点项目校点魏禧文集的任务。我们的工作程序是先由姚老师和我分头初校，再送胡先生审阅；然后姚老师和我互校，再送胡先生复审；如此往复再三，最后由胡先生终审。这项工作先后持续了四五年，我从胡先生那里得到的东西真是太多太多了。每次从先生那里取回校点稿，总是附带有几张写得密密麻麻的审校意见，纠正我不少错误。例如，我在记录校点中各种问题的“校点长编”中对“荷钱”

一词提出疑问："钱当为锄"，胡先生在一旁注曰："钱，田器。不误。"。魏禧是清代著名的散文家和文艺理论家，才学富赡，为文恣肆，校点他的文集难度很大，光是要弄清文中的引文就让我们费尽了九牛二虎之力，因为作者引文常常是撮其意而引之，与原文不尽一致；而且引文大都不标明出处，如果对古籍不熟，根本就不知道何处是引文。例如《论引》中有"论精微而朗畅"一句，胡先生在"审校意见"中注曰："《文赋》中语，宜加引号。"特别是对文字讹错的意校，如审校意见中经常提出"某字当为某字之误"、"某字为衍文"、"某字疑有误"等，都要求我们查对别本或其他参校本，一查，果然胡先生的意见是正确的。这样的"审校意见"后来积累了厚厚的一叠，我至今仍珍藏着。

胡先生还是一位诗人，特别是退休以后创作尤勤，他自谓日作一诗，实际上恐怕还不止。先生写给我的诗就有十来首，特别是我考入北大中文系攻读博士学位之后，就写了好几首诗鼓励我。去年年底，我去北大参加游国恩先生诞辰100周年学术研讨会，北大图书馆专门辟出一间陈列室，陈列了游先生生前的一些照片、手稿和著作等，从中我一眼就发现了胡先生给他的恩师游国恩先生的诗，胡先生那极具功力的小楷我太熟悉了。去年系里给胡先生庆祝了九十寿辰，最近听说胡先生身体不太好，不知道还能继续写诗否。

余心乐先生

余心乐先生是武宁人，与我的家乡瑞昌仅一山之隔，小时候就听说过有关余先生的传说。说他极其聪明，很会读书，过目成诵，可是家境不好，家乡的亲戚朋友就凑钱凑米供他上学，后来果然考中了状元。还说余心乐这个名字来自《千家诗》的首篇"时人不识余心乐"的诗句。后来因着乡党这层关系，余先生和师母待我亲如一家，才得知这些传说半真半假。余先生幼年的确家境不怎么好，也的确很会读书，但所谓考中状元云云则纯系附会，余先生所处的年代早已不是考进士中状元的年代了，他是中央大学（即今南京

• 余心乐先生（中）来北京讲学，作者当时在北大攻读博士学位，请余先生和师母到北大游览，并在未名湖畔合影。

大学）毕业的。至于先生的名字，我还真冒昧问过，余先生说是他的舅舅起的，并没有什么深意。尽管如此，有关余先生的传说还在我们家乡那一带继续流传，这也足以说明余先生在家乡的名声之大。余先生是省内外乃至国内外知名的学者，可是他生活十分简朴，极为平民化。他总是穿着深蓝色的中山服，似乎从来就没有见他穿过西装，经常背着个半新不旧的黄书包，步行到市场去买菜。他说这是几十年的习惯，也能够起到锻炼身体的作用。他对我讲，当年他在国立十三中教书，从老家到吉安青原山，每次都是步行，一趟得走半个月。他一直保持这个习惯，坚持走路，安步当车。他甚至把自己的身体比较结实、很少得病归功于走路。余先生总结他的养生九字诀“勤走路，多吃素，少发怒”，首要的一条就是强调走路的好处。

在北大时，听说朱光潜先生和季羡林先生都喜欢在未名湖散步，这两位获得洋博士的大学者，晚年也都只穿中式服装，季先生甚至曾经被新同学当做校工帮着看了一个小时的行李，在北大传为美谈。我常常想，大学者们的生活方式是如此的相似：淡泊、平凡、简朴、宁静，这绝不是刻意的追求，而是自然率性之所为，是传统文化所造就。

余先生治小学，即研究音韵、文字、训诂之学，他讲授的古代汉语课很受欢迎。他常常拿着几根粉笔走上讲台，或者即使带了讲稿和教科书也从不去翻它，讲课中旁征博引，列举古籍中的例句，都能随口背诵，熟稔于心，令我们惊叹不已。我经常去余先生那里请教问题，余先生除了帮助我解答具体的问题，总还要给我指点一些治学的门径、方法。余先生教给我的也是我感触最深、终生受益的一句话，就是要多查字典。他说着顺手拿起桌子上一本翻旧了的《新华字典》，“绝不要小看这小小的字典，我是把它放在案头经常用的。”由此我养成了查阅字典和使用工具书的习惯，有一字一词不明其义，务必求其确解而后安。并且还经常用“大专家”与“小字典”的事例来教育我的学生。

离开师大以后，每次回到母校我都要去看望余先生和师母。这些年回去得少了，但还是经常能听到学校和系里的信息。前两年听说师母过世了，心想余先生今后的生活可就麻烦了，因为他们是长期相依为命的。师母虽然读书不多，但十分通情达理，与先生相敬如宾，照料先生无微不至。师母一走，先生的精神支柱就垮掉了。果然，后来听说余先生的情况很不好，现在仍不知情形如何，时在念中。

王克武先生

实际上，我从不称王克武为“先生”，而是喊他“老师”。王老师既是我的恩师，也是忘年交，我们处在亦师亦友之间。严格地说，王老师不是江西师大中文系的老师，而是江西教育学院中文系的老师，因“文革”该校被撤销并到了师大（当时实际上是江西师院），后来又再分开。王老师的副教授还是在教育学院退休之前解决的，而他的实际水平超过很多所谓的教授。

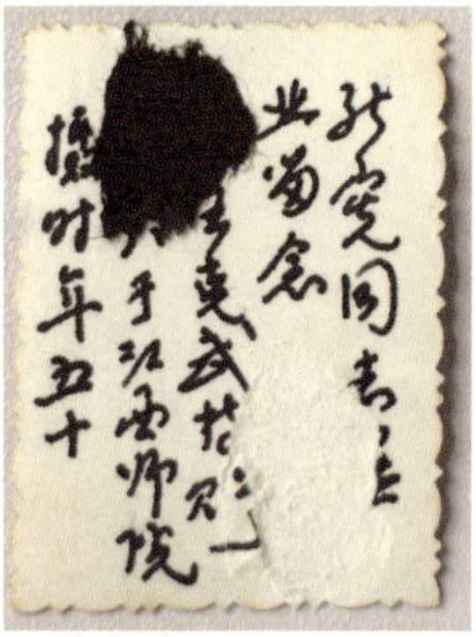

王克武先生像及手迹（手迹释文：能宪同志毕业留念，王克武持赠，1978年于江西师院。摄时年五十）

我与王老师的交往很早，当时我还是学生，他在系资料室做一些管理报纸、杂志之类的事情，我因为常去看书看报，渐渐就熟悉了。那时候王老师与师母住在青山湖边的一间小平房里，我是常客，经常并不事先预约就跑去了。每次王老师不是在房间内一边听收音机里的京戏一边练习书法，就是在外面晒太阳看书，而师母则总是在做家务，或者默默地陪坐在一旁。师母是一个不识字的矮小而又干瘦的小脚老太太，而王老师却是又高又胖，一肚子学问文章，他们两人真是鲜明的对比。我每次去自然都要和师母打招呼，而王老师则总是示意让我不要跟她讲话，因为她几乎听不懂普通话。记得有一次王老师对我讲过这样一件事：大约是20世纪80年代初，王老师的同学，武汉大学中文系主任周大璞先生，请他到武大去讲学一个学期。某星期天，王老师同师母一道来到汉阳归元寺，他去看碑刻和楹联，师母则一心去拜菩萨。待他看完碑刻，师母还在虔诚地叩首作揖，王老师就在旁边等着，一直等到师母拜完菩萨才一同返回武大。看来王老师对他们的婚姻生活并非不无遗憾，但却能够共同生活，白头到老，这大概只有特定时期的中国传统知识分子才能做到。

王老师的学识颇为博通，在古代汉语、古典文学、现代文学、外国文学等领域均有相当造诣。武大中文系请王老师去讲学，就是给研究生讲授古汉语课。王力先生主编的《古代汉语》是最权威的高校通用教材，王老师在教学当中发现了这套教材的许多错误，并专门写了篇文章，指谬纠错达30余处。古代文学是王老师的“主业”，我这里之所以不用“专业”一词，是因为王老师并不是古代文学教研室的人。但是王老师在古代文学方面的造诣很深，古文和诗词都很熟，似乎更偏爱明清小说，尤其喜欢《聊斋》。我们在一起探讨古典文学，议论得最多的便是《聊斋》，王老师最欣赏《聊斋》中的《胡四娘》一篇。该篇写一穷书生程某在一大户人家司笔札，主人胡公看重他的文才，把最小的女儿胡四娘许配给他为妻，不久胡公去世，全家人都瞧不起这个穷书生，甚至连丫环都讥笑他。后来书生苦读擢第，大家都来祝贺，胡四娘一下子成了大家巴结讨好的中心人物，聊斋先生这样描写当时的情景：“耳有听，听四娘；目有视，视四娘；口有道，道四娘也。”王老师多次有声有色地朗诵这几句，认为传神至极，写尽了人情世故、世态炎凉。王老师对现代文学也颇有研究，曾经为77级开过鲁迅研究的选修课，选修者十分踊跃。王老师对一些外国作家诸如狄更斯、莎士比亚、雨果、巴尔扎克、契诃夫、托尔斯泰等都很熟悉，对这些作家的有些中译本很不满意，他曾经翻译过托翁的《战争与和平》。对于这样一位富有学养的奇才，老天爷怎么那样不公道？王老师不仅没有得到应有的待遇，而且过早地离开了人世。王老师去世时，我在北大读书，根本不知道，因而未能为他送行。后来我特意去看望了师母，现不知她老人家尚在人世否。

（此文于1999年为江西师范大学60周年校庆而作，刊于纪念文集《穿过历史的风云》，2000年江西高校出版社出版。另载《粤海风》2000年第2期）

大学者的平凡生活
——我所见的周汝昌先生

5月31日上午，老干部处的老唐来我办公室告诉我：周汝昌老走了。我心里一沉，立即给周老的女儿周伦玲拨通了电话，她说：父亲是凌晨1点59分走的，他没什么病，也没送医院，就在家中安详地走了。我问：后事如何办？需要我们做什么，需要院里做什么，一定不要客气。没想到周伦玲告诉我说，父亲临终交代，一切从简，不举行任何仪式。他们家人已按照老人的遗愿，后事都基本办妥了。

著名红学家、诗人、书法家、中国艺术研究院终身研究员周汝昌先生驾鹤归去，享年九十有五。一代文豪就这样平静地走了，悄无声息地离开了我们，我们竟然连向这位令人敬仰的大学者鞠个躬、献上一束鲜花以寄托哀思的机会都不可得。当晚，著名作家、老部长王蒙同志的秘书彭世团从宁夏给我发来短信，即是王蒙同志悼念周汝昌先生的唁电。因为院里没成立治丧委员会，我只得将短信转发给周伦玲和院办，并将有关情况告知世团兄，请他转告王蒙同志。

大约是五年前，我开始与周汝昌先生交往。此后，每年春节前我必定要去看望老先生一次，每次都要与他聊一会儿天，因而对周老晚年的生活和著述状况有了近距离的观察和了解。

周汝昌先生住在红庙附近一栋陈旧的家属楼里，这是中国艺术研究院当年的高知楼，院里好几位老先生都住在这栋楼里，如文艺理论家陆梅林先生，老延安、离休的副院长黎辛同志等，我常常是代表院里挨家去看望几位老先生。周汝昌先生的房子并不宽敞，甚至可以说十分局促窄小。室内的陈设也极为简陋，几件普通的旧桌椅，两张旧沙发，没有一件像样的家具，也

• 作者在周汝昌先生（右）寓所

没有任何家用电器。除了书架上堆放着一些旧书和古董，略显主人的不同身份，否则这里与任何一个普通人家相比都等而下之。记得有一次陪同国务院一位领导同志看望周汝昌先生，同行的有国家机关工委的领导，还有文化部的领导，还有我们院里的几位同志，一下子来了十几个人，房子里连站都站不下，有的同志就只好站在楼道里去。

我第一次登门拜访，正遇上老先生身体不适，连续多日低烧。我走进他的卧室，周汝昌先生躺在床上，一张很窄的单人床，佝偻的身躯盖着一张旧毛毯。陪同我一起去的老干部处的同志向老先生介绍了我，老先生转过身来握住我的手，说了一些他躺在床上十分抱歉之类的客气话。我随即坐在床边，拉着老先生的手说了一会儿话。周老虽然生病，但并无倦容，说话声音洪亮，思路清晰。问了一些我的情况，诸如籍里、家庭以及院里的情况，等等。不一会儿，医生到家里来给老先生输液。他女儿周伦玲告诉我，老先生生病一般不肯上医院，怕麻烦。他们联系了一位固定的社区医生，电话一打就上门服务，因而这位医生较为了解老先生的身体状况，老先生对这位大夫也很信任，乐于接受她的治疗，“医患”关系十分融洽。

周汝昌先生早在70年代就因为视网膜脱落治疗不及时而几乎失明，加之夫人走得早，晚年的生活完全依靠几个儿女照料。我曾问过周伦玲，为什么不请个保姆呢，她说，根本不行。周先生的几个儿女差不多我都见过，他们都有各自的事业和家庭，只能轮流来照顾父亲。其中作出牺牲最大的恐怕要数二女儿周伦玲，这也许是做女儿的心细，她说，父亲一抬手，一声咳嗽，就知道他需要什么。有时候深夜两三点钟，老人家突然饿了想吃东西，你就得马上去做。更何况，老先生每天要坚持读书和写作，突然有了灵感，你就得随时录音或记录下来。这些保姆如何做得了呢，这些年来他们照料老父也真是不易！

当然，凡事有得必有失，有失也就必有得。周伦玲照顾父亲作出了莫大的牺牲，也得到了莫大的回报。这些年来周汝昌先生在双目失明的情况下，每年大概都有两部新著问世，全都是周伦玲笔录整理的，她几乎成了父亲的专任秘书和助手。她对我说，父亲眼睛失明之后，写的一些字条，谁也无法辨认，只有她才能认出来。她从父亲身上得到的学识、学到的东西，这难道不是一笔巨大的财富吗？

我也有幸得到周汝昌先生的赠书，第一次送我的书是中华书局出版的《周汝昌评说四大名著》和《北斗京华——北京生活五十年漫忆》，并且当场签了名。我看着老先生拿着笔在扉页上摸索着下笔，先写一个大大的长长的“周”字的外框，再写“士”就已超出框外，再写“口”就不知在何处了。这样的签名是多么难得！后来每年去看望老先生，几乎都有新书送我。今年春节前又送了我两本，一本是江苏人民出版社出版的现代文化名人丛书之《天地人我》，另一本是周伦玲编的、由百花文艺出版社出版的《似曾相识周汝昌》。这些书我都视为最宝贵的赠书，珍藏在我办公室的书架当中。

周汝昌先生晚年著述全凭自己丰厚的学识、非凡的毅力和超人的记忆。特别是他的记忆力真是令人惊叹，我记得第二次去看望老先生，当他女儿周伦玲告诉他“王院长来看您了”，他居然问我春节是否回九江老家，这可是一年前我告诉过老先生我是江西九江人，事隔一年之后，他能立刻说出我的老家来。

今年春节前，我按照惯例又去看望周汝昌先生。我们聊着聊着就聊到了党的十七届六中全会，他对中央提出建设文化强国深受鼓舞，极为振奋。我对他说，我还写了两篇这方面的文章，老先生听后马上要我把文章复印给他学习学习。我说，哪里敢当，请周老指教。我还告诉他最近写了一篇关于汉字与汉字文化圈的文章，老先生也很感兴趣。春节过后，我把这几篇文章复印好，连同刊发周汝昌先生诗作（为中国艺术研究院建院60周年而作）的那一期《艺术评论》，托老干部处的同志捎给周汝昌先生。后来，周伦玲给我打电话来，告诉我文章和杂志已经收到，并说，一定会读给老先生听的。

……

如果说周汝昌先生的物质生活是平凡、淡泊，甚或可以谓之清贫的话；那么他的精神世界之丰富和博大，则是常人难以想象和不可企及的。正如其在带有自传色彩的著作《天地人我》书中所描述的那样：“无法再普通的衣着、难以再简陋的居室、略带天津音调的京腔，记忆翔实细腻、思维敏捷深邃、出言鲜活生动，谦和可亲、著作等身，这就是于斗室书斋中从容坚韧、笔耕不辍的周汝昌先生。”

周汝昌先生离开我们整整50天了，《传记文学》组织了一组文章纪念他，主编赵春强要我也写点什么。追忆往事，历历在目，拉拉杂杂写了这些，以表达心中对这位大学者无尽的思念。

（2012年7月20日，写于钟鼓楼下之忘机斋，发表于《传记文学》2012年第8期，后收入纪念文集《琳琅满纸忆前时——怀念周汝昌先生》，中华书局2013年出版）

三个寿宴与两个笔筒

说来巧合，今年一年当中，为我最亲近的三位长辈庆贺了他们的七十华诞，一位是恩师，一位是领导，还有一位是亲人。

恩师是北京大学的著名教授，在北大执教近50年，真可谓桃李满天下——学生分布在全世界很多国家。仅是恩师亲自指导的研究生、访问学者和进修教师就有好几十人，许多已经是国内外知名的学者。而听过先生的课或是仰慕先生道德文章的人，更是不计其数了。因此一年前我们师兄弟就开始策划导师的70岁生日祝寿会，希望把祝寿会的规模搞得稍大一些，喜庆一些，热闹一些，甚至打算请几位艺术家来助助兴，还想编一本纪念文集。我们搞了一个百人的方

• 2005年4月，弟子们庆贺恩师袁行霈教授七秩华诞时合影。

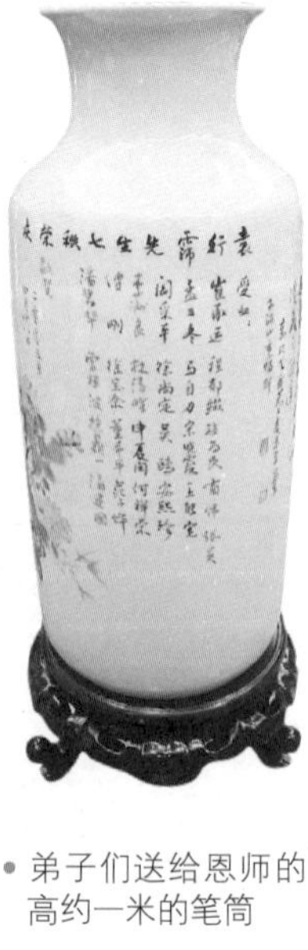

• 弟子们送给恩师的高约一米的笔筒

案，一个五十人的方案，不料全被恩师给否定了，甚至根本不同意我们给他搞什么祝寿活动。我们觉得，70大寿无论如何也得庆祝一下。与恩师反复请求、商议，把范围缩小再缩小，最后允许同意亲自指导的研究生包括硕士、博士和博士后，以及在京的几位访问学者参加，一共只有20来人。京外、国外的研究生和访问学者概不邀请，就连几位在读的博士生都不让参加。我们理解恩师的为人处世，从来不事张扬，特别是担任全国政协常委、全国人大常委和民盟中央副主席、中央文史馆副馆长等社会职务以来，更是严于律己。所以我们不可违背恩师的意志和为人准则，就在小范围内庆贺了恩师的70华诞。恩师的生日是4月的一个星期一，为了不影响大家的工作，我们提前一天在星期天举行，事先在宾馆订了两桌饭。那天，师生欢聚一堂，弟子们举杯为恩师和师母祝福，表达感恩之心；恩师也勉励弟子们努力工作，不断进取，大家十分尽兴。

• 领导赠送的印有留学笔记的笔筒一直摆在作者的办公桌上

领导的生日正好在国庆长假期间，节前得到通知，说是所有秘书和身边工作人员都到领导家中祝贺领导70华诞，我在领导身边工作的时间很短，接到通知感到十分高兴。这位领导长期担任党和国家领导人，没想到他的70岁生日宴会也是如此的简朴，参加的人员也仅仅是身边工作人员和家人以及领导的几位朋友。寿宴是在领导自家的院子里举行的。领导最爱竹子，崇尚竹子的虚心和有节，一生奉此君为楷模。领导家的院子里有一片难得的竹林，寿宴就在竹林下摆开，经过儿女们的一番装饰，大红的寿字和寿桃悬挂在竹林间，富有一种喜庆和清雅的意境。客厅和走廊里摆放和悬挂着领导近年来创作的陶艺作品和书画作品，真是美不胜收，完全可以当作一个小型个展来欣赏。工作人员和家人还特意制作了两帧精美的照片，分送给每一位来贺者。一帧是领导今年7月在北戴河游泳的照片，抓拍到领导搏击风浪的雄姿，把瞬间定格为永恒，正是领导强健体魄和奋斗精神的生动写照。另一帧是领导在庐山创作的一幅水彩画，画面是悬崖上挺立的青松，背面印着贺词，由现任秘书在寿宴开始时宣读，表达了我们全体工作人员和亲属共同的祝福和心愿。最难忘的是领导简短的感言，他讲了两点，一是思想路线要正确，方向要对头，一个政党、一个国家是这样，个人也是如此；二是学习最重要，人生达到怎样的境界，就取决于学习达到怎样的境界。领导特别强调，一个人老没老，不完全由他的年龄来决定，如果哪一天停止了学习那就是真正老了。领导70岁辉煌的人生，70年丰富的阅历，就浓缩成这么简单的两条。

三个寿宴排场最大、人数最多的却是我这位作为普通百姓的老丈人。岳父虽然也曾经在基层当过干部，是一位老党员，但已经退休多年，完完全全是一介平民，普通百姓。岳父的生日在10月底，因为他在江西老家，我们在北京，平时要上班不可能专程赶回去，就和家里商量利用国庆长假提前给他老人家做寿。当我和妻子在南昌参加完同学聚会之后回到老家，岳父的生日

• 作者给岳父做七十大寿的场面最为热闹

宴会一切都已就绪。那天，在县城（实际上我们那个县早已改市）一个餐馆的大厅里，摆了十多桌，前来祝贺的男女老幼，大都是自己的家族、亲戚、朋友、邻居，很多还是从乡下搭早班车赶来的，一个个喜笑颜开，轮番给寿星敬酒。寿星身着暑假在北京时我们给他买的“顺美”西服，显得容光焕发，格外精神。和我们一道回家的儿子则充当了摄影记者，又是摄像又是照相，把寿宴的欢乐场景记录下来，作为永久的纪念。

在给恩师策划生日祝寿会的时候，我们想送给恩师一件有意义的纪念品。想来想去，我们打算请景德镇的陶瓷艺术家给先生画一个瓷板像，但先生无论如何不同意。后来我提议给恩师送一个大笔筒，这是受郭沫若生日有人送如椽大笔的启发，笔筒上绘一幅陶渊明的画像， 因为先生几乎把毕生的精力都献给了这伟大的田园诗人。这个想法勉强得到先生的同意，先生还提出最好能师生共享。我说这好办，再做一些小笔筒（真正实用的笔筒），把陶渊明的画像复制下来。大笔筒一件，送给恩师，写上祝寿的内容及先生指导的所有研究生的名字。小笔筒每个学生一个，写上各人自己的名字。于是，我就拜托景德镇的一位学生特意邀请景德镇美协主席专门制作这件作品。作品烧制得非常成功，陶渊明的画像飘逸传神。恩师生日那天，我们师生共同拥戴着这位“陶渊明”一起合影留念，最后师兄弟们每人带着一个印有自己名字的“陶渊明”回家，都说很有纪念意义。

那天在领导家中参加寿宴，结束的时候领导送给每人一份礼物。其中一件是一本有领导签名的画册，收集了近年来领导制作的陶瓷艺术作品和书画作品。另一件也是一个在景德镇制作的笔筒，上面印着领导的留学日记。天下事竟有如此的巧合，70华诞的纪念品居然不约而同地选择了笔筒。

如今，这两个笔筒，一个摆在我的办公室，一个摆在我的书房，它们每天与我默然相对，激励着我努力学习，努力工作。

（原载《深圳特区报》2005年10月20日）

袁行霈先生塑像诞生记

2015年3月22日，一个春光明媚的周日，我陪同恩师袁行霈先生请雕塑家吴为山为其塑像。

今年是袁先生80华诞，弟子们本想好好庆祝一番，但先生一贯低调，不让我们举行那种场面上热热闹闹的祝寿活动。袁先生是新中国培养的一代知识分子的楷模，我们觉得给他做一尊塑像应当是最好的纪念。这个想法总算得到先生的允许，于是我就拜托老朋友、著名雕塑家吴为山，他爽快地答应了。为山兄曾经为鲁迅、冯友兰、季羡林、费孝通、杨振宁、陈省身、袁隆平等文化名人塑像，传神至极，被誉为写意雕塑的“终极表现”。能请他为先生塑像，先生的精神一定会通过艺术家的创造成为永恒。

上午，我们按照约定的时间，来到了位于京郊高碑店的中国雕塑院。吴为山原是中国艺术研究院美术研究所的所长，兼任中国雕塑院院长。最近履新担任中国美术馆馆长，但中国雕塑院院长还继续兼任。他刚参加完“两会”，工作忙得不可开交，插空安排了这次创作活动，并提前两天给我打电话商定具体时间。走进雕塑院的大厅，我们为这里陈列的大大小小的雕塑作品所吸引。在为山的陪同下，我们边看边聊，一面欣赏作品，一面听为山给我们讲作品背后的故事。不仅观赏了雕塑，还观赏了为山的书法和绘画，先生十分欣赏为山的书法，说他深受林散之影响，为山深以为然，并回忆起祖父高二适先生与林散之先生的交往、自幼耳濡目染的往事，还聊到祖父与郭沫若关于王羲之《兰亭序》的笔墨官司……不知不觉一个小时过去了。

大约11点，为先生塑像的创作正式开始。这是吴为山的工作室兼办公室，临窗的一隅，一个简易的工作台。台高一米左右，由四只脚支撑，每只

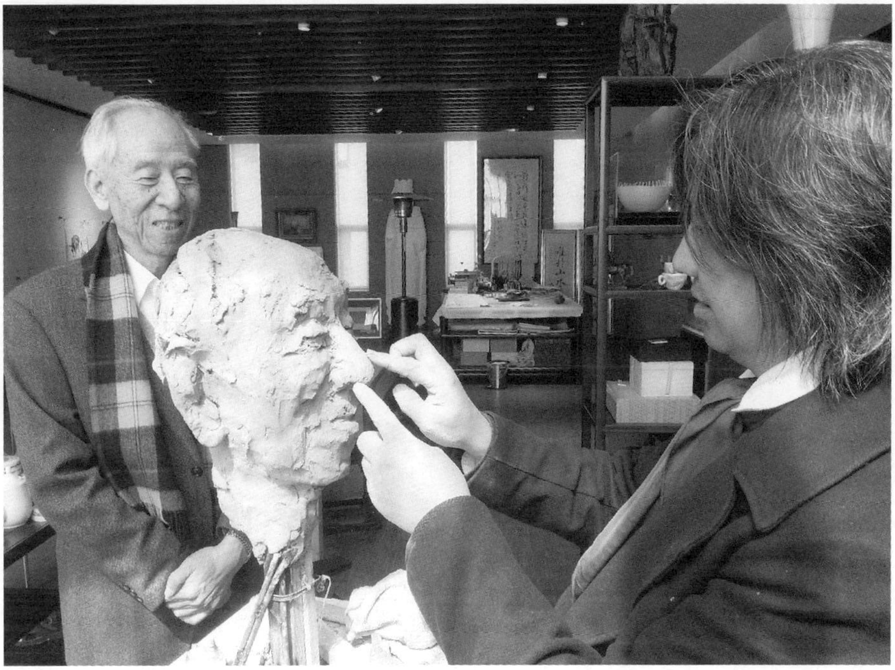

• 吴为山为袁行霈先生创作塑像

脚上有滑轮，可以转动方向。台面是一块一尺见方的木板，也可以任意调整方向。工作台上的工具十分简单，一块木片，一把竹刀而已。台面中心插有几根钢筋，钢筋上一团塑泥早已摆放就绪。为山要雕的是1:1的头像，必须先用塑泥做出样稿。

袁先生坐在工作台前的一把转椅上，阳光透过窗户照射在身上，光线很好。吴为山站立在工作台前，面对着袁先生，开始用双手捏按摆弄这团泥巴。吴为山一面工作，一面和袁先生聊天，气氛十分轻松自然。他们聊音乐、聊诗歌、聊李白、聊陈老莲，互相交流对艺术的理解和感受。有时则对他在现场观摩的五六个学生、助手提示一些关键之点。

约摸十来分钟，不经意间先生的面部轮廓就出来了。我在一旁观看，觉得他这双手太神奇了，简直不可思议。事后袁先生摸着他的双手，为山说，我手上没有老茧，但两只手的拇指相差很大，我们仔细观察，果然右手的拇指比左手大了不少，这当然是右手拇指长期使劲按压的结果。

面部轮廓出来后，为山让助手搬来一把椅子，开始坐下来进行局部修正。从正面到背面，从左侧到右侧不断调整方向。当他在塑正面的眉目口鼻时，袁先生依然正面相对；当他转向塑后脑勺时，袁先生也随之转到背面相对；左右两侧亦复如此。只见为山目望先生，两手不停地推揉捏按，不时揪下一块，或者添上一团，再揉揉按按，直至妥帖。渐渐地这团泥巴就被赋予了灵性，成了形神兼备、气韵生动的艺术品了。

大约一小时左右，塑像便大功告成。吴为山满脸笑容，用他那带有浓重南京口音的话语说："很满意！很成功！"袁先生端详着塑像，笑着说："太传神了！"大家围着塑像，都觉得十分精彩，塑出了先生的精神气质，眉宇间透露出先生的慈祥、睿智、儒雅与清逸，先生则补充说，甚至嘴角都透出了一丝对世俗的鄙视。杨振宁先生曾称许吴为山"有本事把精神给抓住"，通过观察为山给先生塑像的全过程，不能不佩服这位雕塑家善于抓住人物精神的犀利眼光和表现人物神态的神奇技巧。

袁先生的塑像就这样顺利而完美地诞生了，随后将进行翻模、注铜，成为永久的留念。

（原载《中国艺术报》2015年4月8日）

大学六记

入学30年后的第一次聚会，南昌的同学立下了汗马功劳。日程安排得丰富多彩，有条不紊，各位同学从各地乘兴而来，兴尽而返。后续动作也一个接着一个，照片、纪念册、光盘陆续寄到。每人交的费用不多，但操办者千方百计节省开支，在网上公布账目，居然还有结余，说是可以再出一本散文集，这就算“全了”。

于是，通知每位同学各写一篇，回忆我们七五级这个班集体三年的大学生活。这是一个好主意。三十年弹指一挥间，现如今同学们大多已年过半百，青春时代的大学生活——尽管我们处在一个特殊的历史时期——那也是值得回味值得珍藏的。

记忆的闸门一旦打开，大学岁月，波涌浪翻，滔滔汩汩，扑面而来，这里只能是撷取长河中的几朵浪花。

一、寝室

我们中文系七五级一百来号人，分为三间大寝室，平房相连，位于澡堂旁边，水塔之下。女生寝室一间，门向南开，面对操场，光照也好，算是对女生的照顾。男生寝室两间，一间住1～4组，门向西开，面对澡堂；另一间住5～8组，门向北开，面对水塔。每间平均30多人，大体以组为单位，再分为若干个小区域。我是第七组，进门径直走到头便是我们的所在，几张双层床围成一个小天地，中间摆了两张书桌，光线很暗，白天都得开灯。秦石峰是我们的组长，我与他上下铺，三年朝夕相处，结下了深厚的情谊。

• 毕业合影

那么多人同居一室，热闹非凡便可想而知。通常是深更半夜，被窝论坛方兴未艾，有时还搞点小恶作剧。记得有一夜下大雪，天寒地冻，寝室里却是热火朝天，不知是谁出的馊主意，说是肚子饿了想吃包子，大家凑了些钱，好像是老班长吴克善同学居然真的跑去买了一大书包热气腾腾的肉包子。我们缩在被窝里，他一个一个送给大家分享。我们5～8组的寝室隔壁就是食堂的饭厅，大家充分利用这一地理优势，开饭前派几个同学先到窗口排队，特别是有好菜的时候，加塞的人蜂拥而至，经常一下子膨胀出一条长龙，搞得排在后面的别系的同学特别是女同学侧目怒视、嗤之以鼻。

当时的学生宿舍与今天的大学生公寓不可同日而语，而老师的居住条件与如今的高知楼相比更是天壤之别。我们的寝室中间夹着一间十几平米的小屋子，历史系教授、著名书法家姚公骞先生就住在这里。当时正值壮年的姚公（大家都这样称呼他）上有老母，下有一子二女，挤住在这样一间小房子里，与我们为邻。以“火炉”著称的南昌，到了夏天，酷暑难熬，傍晚时分，我们常常与姚公一起光着膀子，摇着蒲扇，谈天说地。

二、教室

我们七五级的工农兵学员是幸运的。除了刚入学时有一阵子“批邓反右”，即批判邓小平所谓右倾翻案风，多少受到一点影响（实际上影响并不大，当时我们正在望城岗陆军学院军训，大家好不容易得到一个读书的机会，都想好好学点东西，对“大批判”没多少人感兴趣），其余时间都是很正规的按教学计划进行，各门功课严格考试，学得还是很扎实的。特别是粉碎“四人帮”之后，大家都要把失去的时间夺回来，学习的积极性空前高涨，教室、阅览室到了深夜仍然灯火通明。听说我们班的女同学，在考试前经常通宵达旦地在教室或寝室里复习。还有更幸运的是，那时候中文系一些老先生都健在，胡守仁、余心乐、邓志瑗、刘方元、胡正谒等名师都给我们讲过课。

301教室是第二教学大楼最大的一间教室，能容纳一两百人，中文系都是上大课为主，我们主要的课程都是在这里进行的。教室里的坐椅是那种有支架作记录的长条椅，现在已经很难见到了，前些天我在北京的一个大学讲学，课堂里居然有几排这样的坐椅，觉得很亲切，一下子把我拉回到自己的大学课堂。给我们讲课的老师，年长一些的老师有一个共同的特点，就是普通话不标准，许多老师操着地道的家乡方言，如胡守仁先生的吉安话，刘方元老师的萍乡话，胡正谒老师的南昌话，杨高鹏、汤其庭老师的抚州话，等等。当然也有例外，如讲语言课的何姿文老师，普通话就讲得非常标准动听。年轻一些的老师则都讲普通话，而且思想活跃，与同学们打成一片，如写作课的罗德礽老师、李作凡老师、王琦珍老师，文艺理论的熊大材老师，现当代文学的汪木兰老师、汪大钧老师，外国文学的刘国屏老师，古代文

• 上大学时与同学同游九江、庐山，在九江烟水亭合影

学的朱安群老师，等等。有的老师讲课特点非常突出，余心乐先生讲古代汉语课，一般不带教材，即使带了教材也不去动它，引用古书都能随口背诵，令我们佩服得五体投地。盛文澜老师讲现代汉语课，他把平时所见的语言现象随时记录在卡片上，上课时总是带着一扎一扎的卡片，有一次上课举例时怎么也找不着要用的卡片了，最后只得很抱歉地对我们说下课。

301教室除了上课，许多班集体活动、系里的活动也在这里举行。记得刚入学后不久举行的一次联欢会，班主任刘凤榜老师居然老夫聊发少年狂，唱起了当时流行的一首儿歌《我爱北京天安门》，并且手之舞之足之蹈之，令我们开怀大笑。郑光荣书记是我们尊敬的老领导，有一次和我们联欢，也在这里唱起样板戏《智取威虎山》中少剑波的唱段《我们是工农子弟兵》。还有当时的办公室主任钟义伟，是与我们班关系最密切的系领导，在这里不知听过多少次他的讲话。还有我们班的文娱活跃分子，如叶胜萍、杨剑龙、叶玉阶等在这里留下了他们的歌声琴声，也留下了我们大家的欢声笑语。

三、资料室

中文系的资料室就在第二教学大楼进门靠右侧的一间大教室里，藏书有十几万册，另外还有几间阅览室，摆放着一些报刊杂志。我们上学的时候，资料室是几位“犯有错误”的老先生在那里“劳动改造”的地方。古人说“艰难困苦，玉汝于成”，还有孟夫子那段话，“天将降大任于斯人也”，如何如何，真是至理名言，辩证的法则可以说是无处不在。许多学者和名人就是被发配到资料室或图书馆之后埋头读书而成就为著名学者的，如武大的程千帆先生（后转入南京大学）和复旦的章培恒先生就是典型的例证。我们中文系的资料室当时就集中了徐先兆、王克武、程维道等几位很有学养的先生，他们在那里从事整理图书、杂志，把过期报刊装订成册以及打扫卫生之类的事情。

我因为常去系资料室看书读报，就渐渐与这几位先生熟识了。徐先兆先生是一位传奇人物，早年留学日本，后来与方志敏等在赣东北从事革命活动，从过政，坐过牢，最后到学校教书，直到两年前年逾百岁无疾而终。王克武先生后来与我成了忘年交，他30年代从武汉大学中文系毕业，在古代文学、古代汉语、外国文学等领域均有深厚造诣，他还翻译过托尔斯泰的《战争与和平》。程维道先生是资料室的专职人员，著名书法家，戴着一副深度眼镜，为人谦和，寡言少语，鲜与人交。但我们很谈得来，最多的话题是书法。我认为他的书法是当代少有的几位大家之一，有一次中日书法联展，两国各选50人参展，其中就有程先生的几幅作品。程先生多次夸奖我的字写得很有章法，认为大可造就，甚至说我的字比他写得好，这当然是玩笑话，可惜鄙人至今没有认真练字，辜负了先生的期望。

毕业之后，我留校任教，同班同学江宗新也留校，安排在资料室工作。这样，资料室就更有人为我开方便之门了。有时夜里也拉着江宗新到资料室去找书或查资料，有时星期天和程维道先生、江宗新、高福生一起在资料室关起门来神聊，有时则干脆躲到资料室的一个角落去写东西。

四、农场

农场是20世纪中国社会的一大遗产。在中国广袤的大地上分布着无数个不同类型的农场，其中大多数与知识分子的思想改造联系在一起。客观地讲，知识分子通过参加工厂和农村的劳动，接近工农群众，了解社会生活，贴近劳动人民的思想感情，其初衷并无过错。但事物的发展一旦走向极端，往往就事与愿违，甚至达到荒唐的境地。自反右以来，对知识分子的不信任逐步升级，从“北大荒”到“文革”期间的“五七干校”，多少知识分子被发配到穷乡僻壤、环境恶劣的农场无限期地劳动改造，有的拖垮了身体，有的荒废了专业，有的甚至献出了宝贵的生命，农场成了知识分子的伤心之地。

我们上大学期间到农场劳动，与知识分子的劳动改造当然有所不同，但应当说也属于“文革”遗风，是极“左”思潮的产物。记得“文革”期间“批林批孔”，《论语》上记载：孔子的学生樊迟请教老师如何种田，子曰：“吾不如老农。”又请教如何种菜，曰：“吾不如老圃。”认为这是孔子瞧不起农民，轻视农业劳动。当时我就感到十分纳闷，俗话说“耕当问奴，织当问婢”，孔子是教书先生，在农业生产方面当然比不上老农和老圃，他讲的不过是大实话而已，哪里扯得上什么轻视农业劳动呢。我们这些工农兵学员，大都在广阔天地修过地球，什么农活不会干，还要安排我们到农场学农，岂不是白白浪费时间。但是，当我们离开学校来到白马山农场之后，大家对这种象征性的劳动感到十分的轻松、新鲜和自由。以至于每当校方通知要去农场劳动的时候，同学们非但不反感，反而欢呼雀跃起来。

白马山农场位于南昌市郊、新建县境内，距离学校大约二三十公里。每次劳动一周左右，100多人浩浩荡荡而去，一路欢歌笑语，等到劳动结束，虽然有些腰酸背痛，但满载着自己亲手收获的劳动果实，依然兴高采烈而归。如果赶上春季插秧，我们在田间比赛谁插得又快又好，有时候互相打闹，弄得一身泥水。收工以后，我们在乡间散步，随处踏青，泥土与野草的芳香沁人心脾，感到格外的亲切与陶醉，当然也不免引起几分思乡之情。

五、开门办学

开门办学是教育改革的一项重要内容，包括工农兵学员上大学等一系列改革措施，都是当时贯彻落实毛主席提出的“学制要缩短，教育要革命”这一指示所采取的具体行动。所谓开门办学，就是把课堂从教室延伸到工厂、农村、军营……把书本知识与社会知识结合起来，理论与实践结合起来，这原本也是符合教育规律的事情，只可惜多数流于形式，真正有收获有实效的并不多。

我们班开展过多种形式的开门办学和社会实践活动，如到浙江江山学哲学（这里是当时全国学哲学用哲学的先进典型），到福州军区陆军学院（当时叫南昌步校）学军，到井冈山野营拉练，等等，可惜有的活动我没有参加，因为我有较长一段时间被安排在系里的一个杂志《语文函授》（后改名《语文教学》，再改名《读写月报》）协助工作，经常与茅宗祥老师一道到全省各地组稿，我想这也算是另一种形式的开门办学吧。那次到井冈山野营拉练，我就是因为出差抚州晚了几天中途才赶上的，所以纪念册上最后那张在井冈山的合影，照片上就没有我。

印象最深的一次开门办学，是赴上高县农村开门办学。以组为单位，每组一位带队老师，我们七组分在锦江公社，带队老师是王琦珍老师。我们在那里干了些什么，也就是开门办学的具体内容早已淡忘了。但清楚地记得那是春夏之交的时节，我们七组的同学翻过一座小山去看望八组的同学，我们走在乡间的公路上，山花烂漫，布谷声声，很是惬意。我们全组同学住在一个旧式宗祠里，同住的还有在那里插队落户的几位上海知青，我们之间相处得很好。记得有一次在屋场放电影，人很多，一位上海知青就拉着我拿着凳子到背面看，这是我平生唯一的一次在银幕的背面看电影，实际上与正面观看没多少差别。在下面最快乐的是师生打成一片，无拘无束，我与王老师抵

• 上大学时与同学同游九江、庐山，在庐山含鄱口合影

• 1995年出差上海，与在上海的大学同学合影

足而眠，无话不谈。30年后，王老师来参加我们的同学聚会，还取笑说：我们在上高互相闻臭脚丫。

六、第一次发表作品

读中文系并非我的志愿，虽然我自幼喜欢文学，但我想读的却是医学院。如果那时候不是推荐，像今天这样自主填写志愿报考的话，我肯定不是现在的人生道路。当然，今天所走过的人生历程也不完全是命运的安排。我曾经对朋友们说过，大学毕业留校安排在古典文学教研室任教，与我“文革”辍学后在乡下胡乱读的许多旧小说大有关系。我们村子里有一位算命的瞎子义善公，不知他从哪里弄来一些“四旧”劫余，什么《说唐》、《征东》、《征西》、《粉妆楼》，什么《七剑十三侠》、《海公大红袍》，等等。我们有一个“地下”读书会，即义善公负责弄书，我读，有几位热心听众听，其中包括我那位不识字的母亲。特别是在农闲时节，譬如冬日雪天，我们就整日围炉读书，一天能读十几回，大家与书中人物的命运同悲共喜。这也许就埋下了我日后从事古典文学研究的种子。

不光是旧小说，新小说也读了不少。大约在小学三四年级前后，我读到了《孤坟鬼影》一书，书中的情节一下子吸引了我，一个晚上就把它读完了。这是我读的第一部小说，此后就益发不可收拾了，《三家巷》、《苦菜花》、《香飘四季》、《青春之歌》……完全是饥不择食，毫无目的地阅读。这样的阅读有一个好处，就是使我通过小说了解了社会，丰富了文学细胞。有些老师，包括我们班的一些同学曾经说过，我不像是农村来的乡下人，有的说我是上海人，其实这就是小说熏陶的结果，因为城市的生活，上流社会的生活，我早已在小说中领略过。古人所谓“沉潜味道”、“变化气质”，此之谓也。

最早发表作品，恐怕要追溯到失学后在水库工地、在生产队办墙报写的一些标语口号式的打油诗，后来还写过短剧和一些小节目，但这些早已烟消云散，了无踪迹了。上学后读到黄益元同学的诗集，佩服得不得了。他是上海中学的高才生，因为“文革”打破了上大学的美梦，来到了我的老家瑞昌的一个三线厂，他写的诗大多是吟咏我所熟悉的赣北山水，读起来格外亲切。不久前我在网上留言，建议益元兄将诗集出版，不料他却留言说早已付之一炬了。我正式发表作品，是在即将毕业的那个学期。当时，《江西日报》文艺副刊来组稿，要搞一辑农业学大寨的诗歌，不久就见报了，有我们班好几个同学：颜长青、高福生、黎起庭、祝金芬和我。我的那首就四句，题为《七亿农民是画家》，诗曰：“公社山川美如画，七亿农民是画家。画得大寨遍神州，画得昔阳满天下。”现在看起来觉得很好笑，这哪是什么诗，只不过是几句应时的顺口溜而已，但第一次看见自己的名字印在报纸上，还真是激动不已。那份报纸早已不知去向，但报社与样报一同寄赠的散文集《杨柳风》（那时没有稿费），我至今还珍藏着。

（原载《九江日报·花径》2006年3月17日）

忆长青：乡缘·书缘·文缘

长青离开我们快一年了。他的妻、儿要出一本纪念文集，约我写篇文章。作为长青的同窗好友，我当然义不容辞，但往事渺茫，浮想联翩，竟不知从何下笔。

我与长青同年出生（1954），大学同班同学（江西师范学院中文系1975级），同时留校任教（1978），同住在一栋宿舍楼（第6宿舍），两家比邻而居达10年之久……套用一句俗话，这不知是多少年修来的缘分。我们相识相交近40年，共同经历的事情太多太多，建立的友谊太深太深，这里只能说说我们诸多“缘分”中的“乡缘”、“书缘”和“文缘”。

乡缘

这里所谓的“乡缘”，取的不是“同乡”之义而是“乡土”之义。我们作为“文革”后的“工农兵大学生”，全班100多人，年龄、出身、社会经历、家庭背景各不相同，可谓五花八门。有工人、农民、干部、教师，还有军人；有高干子女，也有农家子弟；有带工资的，也有拿助学金的，等等。记得我们班仅上海知青（来江西插队）就有30来人，差不多占了全班的三分之一。还有相当一部分来自全省各地县城以上的城市。剩下来的就是我们这些来自农村的既无家庭背景也未见过世面的乡下孩子。

经过一段时间相处，我们这些从农村来的同学就自然而然地玩到了一起。如颜长青、高福生、江宗新、曾凡超、我，等等，经常在一起交流乡村的生活体验，甚至个人的恋爱经历。每到寒暑假，返校时都会从家中带回一些各自地方的土特产，互相交流品尝。后来，交往的圈子慢慢扩大，一些

• 2005年，颜长青在主持江西师大75级大学入学30周年聚会

城市的同学也成了要好的朋友，如谭献辉、苏云麟、叶胜萍、秦石峰、杨剑龙，等等。毕业后，我和颜长青、江宗新、秦石峰、杨剑龙留校，高福生在本校读研究生。而曾凡超和叶胜萍去了西藏支边。再后来，我到北京读博，高福生南下深圳，叶胜萍和曾凡超先后从西藏返回江西。不管怎样聚散离合，岁月流逝，我们的友情却历久而弥坚。记得有一次我从北京回到老家，曾凡超正好在九江出差，叶胜萍从萍乡开车到九江，颜长青也从南昌赶来，加上九江的谭献辉、苏云麟，我们一群同学驱车100多公里，来到我的家乡——瑞昌县洪一乡，在我的老家痛饮欢歌。那时候不像现在这样，高速公路四通八达，家家户户都有车。那天我们开着两辆小车，走在乡间的土路上，引来不少惊异的目光。叶胜萍从萍乡开来的是一辆日本蓝鸟，由于底盘低，被顶了好几回，甚至有几处过不去，只得下车来抬。尽管是公车，也令她心痛得不行。到家后，母亲一面喊着我的乳名，一面做出美味的乡土菜招待我的同学们，同学们则不停地给我父亲敬酒。以至后来颜长青、叶胜萍经常直呼我的乳名，长青甚至在给我的书信中，开头就用汉语拼音拼写出我的乳名来。

书缘

这里的“书”指的是书法。我们这些从农村来的学生，不知是钟山川之灵秀，还是各自地方传统的熏染，大都能写得一手好字。颜长青属标准的颜体，无论毛笔、钢笔，都写得饱满有力而又清丽娟秀，深得颜鲁公神韵，功力非同一般。而我与福生、宗新等，均无师承某家某派，纯粹是自成一格，当然也各有特点。福生的字豪放而圆润，加之他的专业是汉语史，又精通古音韵和古文字，讲课板书一会儿是小篆，一会儿是古隶，迷倒许多女学生。宗新的字稳健而用笔熟练，因为他写字的机会多，毕业留校后他在系资料室工作，系办公室与资料室楼上楼下，需要出什么通知告示之类都是出自他的手笔。加之那时候没有电脑，入库的每一本书都要写几张卡片，江宗新都会用毛笔工工整整地抄写，至今中文系资料室的许多图书借阅卡上都留下了宗新工整秀气的小楷。我的字受二王一派的影响，又十分钟爱米芾和文征明，字里行间很有些骨气和力度，风格特点可以谓之俊逸。毕业留校后，教师在学校图书馆可以入库借书，在陈列碑帖的地方，我常常可以半天不动窝站在那儿读帖，所以古往今来凡是有名一点的书家我一眼就能看出。不过我的问题是平时不练字，属于标准的观赏派，看得多，练得少，以至系资料室的程维道先生总是替我惋惜。毛笔字写得最多的一次，我印象中是在北大读博期间，王瑶先生去世后，收到很多挽联挽诗，系里交给我一个任务，要我负责抄写。记得在八宝山告别仪式之前的晚上，我与几个同学干了整整一个通宵，全部挽联挽诗几乎由我一人完成。

有一次长青到北京出差，我特意陪同他去北海公园观赏了“快雪堂”的碑刻。“快雪堂”位于北海北岸，是一处古朴清幽的三进院落，最里一进有乾隆皇帝题写的“快雪堂”匾额因而得名。据说乾隆酷好王羲之书法，而清初大学士冯铨曾编辑自晋王羲之至元赵孟頫历代书法名作，以王羲之《快雪时晴帖》开篇，故称《快雪堂法帖》，并刻石收藏。这些碑刻因摹勒极为精致而为世所重，后来其中的一部分归内务府所得，乾隆遂用稀有的金丝楠木专门建了“快雪堂”保存这批石刻精品。我和长青在“快雪堂”的回廊中观赏这些镶嵌在廊壁中的法帖，流连忘返，赞叹不已。长青不时发出“神品”、“极致”、“大开眼界”的感叹。我们足足徘徊了两个小时，最后我还买了两厚本北海公园编印的《快雪堂法帖》，一册自留，另一册送给长青作为纪念。

文缘

上大学之前，已经在报刊发表文章的在我们班可以说是凤毛麟角，只有黄益元、颜长青等少数几人。黄益元是我们班级的学习委员，也是我们敬佩的老大哥，他是“文革”前著名的上海中学的老高中毕业生，因“文革”未能参加高考而进了工厂。后来他的工厂作为“三线厂”（军工企业）迁至江西，正好在我的老家瑞昌。记得入学后不久，他将自己的诗集送我阅读，虽然还没有正式出版，但装订得十分考究，还配有精美的插图，一首首长歌短句，写的都是我们家乡一带的山水风光，读来感到十分亲切。益元在报刊发表的诗歌散文等作品似乎较多，令我们十分佩服。长青也曾在《江西日报》文艺副刊和当时的《江西文艺》上发表过散文，也令我们羡慕得不行。

在校期间，在写作方面长青一直是活跃分子。当时时兴大批判组和写作组，长青就曾组织我们几个同学在《江西日报》一位同志的指导下成立了一个写作组，我们每人写了一篇文章，在《江西日报》以整版的篇幅刊出。我写的一篇是《等号划到哪里去》，内容是针对“四人帮”在知识分子与工农画等号的幌子下，片面强调知识分子的劳动改造，其险恶用心不在于劳动人民知识化，而在于知识分子劳动化、文盲化。批判他们打击迫害知识分子的那一套倒行逆施的做法和谬论。当印着自己名字的文章第一次出现在报上的时候，那真是激动万分。后来还组织了歌词创作组，长青请来了艺术系为歌词谱曲的蔡老师，专门为我们讲了一次“歌词创作需要注意的几个问题”的课，诸如韵律、声调及同音误听，等等。不久，我们又有一组诗歌在《江西日报》发表，大概是配合当时“农业学大寨”运动，我写的四句顺口溜大意是这样的：“祖国山川美如画，七亿农民是画家。画得昔阳满神州，画得大寨遍天下。”长青毕业留校后，与剑龙一同在写作教研室任教，这本是能够发挥他的专长的，但后来由于顶着“工农兵学员”这一帽子，一刀切调离了教学岗位，长青只能去干别的。再后来，他担任学报主编，算是回到与文字打交道的岗位，但我总是感觉有些遗憾，长青这一生未尽其才！

• 大学同学入学30周年聚会在南昌合影，左二为颜长青

去年（2012）5月，我到江西井冈山干部学院学习，学习结束后专程到南昌看望长青。江西师大文学院请客，赖大仁、叶树发、刘松来、颜敏、戴训超等老朋友，还有老领导钟义伟（郑光荣书记去了九江，未能出席），长青及在南昌的同学黄建明、吴华金、袁若民、熊光敏等，大家欢聚一堂，十分高兴。长青虽有些消瘦，但精神很好，完全看不出是一个癌症患者。长青是2011年年底查出肺癌的，2012年年

初苏云麟到北京出差告诉我，方才得知。我立即与长青通了电话，他当时正在上海住院治疗，虽然知道自己得了癌症，但仍然乐观自信。他在电话中声音洪亮，语态自若，告诉我已经两个疗程了，吃饭、睡眠与常人一样。我向他推荐靶向治疗肺癌的新药“特罗凯”，他说目前上海这边医生治疗的效果很好，到时候再看。后来又在庐山等地尝试了一些偏方，积极进行治疗。一天，他突然给我打电话，说是打听到北京的中国医学科学院所属肿瘤医院采用以色列一位科学家研制的抗癌新药，征集志愿者，他想试试。我通过朋友了解了一下，有许多复杂的条件并不相符合，也就作罢。9月底，长青的儿子颜彬给我打来电话，说父亲的病情突然恶化，可能时日不多了，因此他们决定提前举行婚礼，我只能默默祝福他们。没过多少天，颜彬就发来了讣闻。我因工作不能到南昌为长青送行，即与几位同学商量，高福生也来不了，苏云麟在江苏，上海的同学派章健华为代表送了花圈，杨剑龙还写了挽诗，江西的同学有叶胜萍、谭献辉以及南昌的几位同学，代表大家送别了英年早逝的老同学。

令人欣慰的是，长青回到了生养哺育他的故土。长青走后，由他的妻子和儿子、儿媳以及同学代表叶胜萍等，将长青的骨灰护送至他的老家莲花县琴水乡六模村安葬，回到了故乡的青山绿水之间。我想，这一定符合长青的意愿。

（原载《传记文学》2013年第9期）

岁月留痕

——我与七七级的交往

我早已加入七七级的微信群，得知他们要编辑一本纪念文集，这段时间群里很是热闹，得到大家的积极响应。我觉得这是一个好主意，看到群里讨论得热火朝天，私下里很是高兴，乐观其成。不料中秋节的前两天，发起人建华兄给我打来电话，要我和福生也参与其事，我二话没说就答应了。心想，七七级是一个时代的标记，一个令人骄傲的符号，能参与其中，与有荣焉！

读了建华兄发来的电子邮件，看到诸位回忆大学生活的文章，特别是目睹每人提供的两幅时隔30多年的照片，一幅是风华正茂的大学生，一幅是两鬓染霜的退休者，尽管很多是两代、三代同堂幸福美满的全家福，或者是退休之后游览祖国大好河山的留影，仍不免感慨系之。时光流逝，岁月无情，苏东坡那首著名的《怀旧》诗，“人生到处知何似，应似飞鸿踏雪泥”，总在我的思绪中萦回……纪念文集名曰“青春回响”，如果要给它凑一个对句的话，那便是“岁月留痕”。

我于1978年暑期从江西师院中文系毕业留校，与当年年初入学的七七级整整同窗一个学期。在这一个学期当中，我与七七级的交往不是很多。我们这一届工农兵学员虽说是推荐上学，但自从恢复高考制度之后，各门课程的考试是非常严格的。特别是七七级进校以后，学习的风气更加浓厚，大家都争分夺秒，要把失去的时间抢回来，谁也不敢稍有懈怠。那一学期与七七级同学的往来似乎主要在老乡之间，如汪晓熹，我们是同一个县的，联系还是挺多的。还有九江老乡如刘云、李国敏、张林林、丁正茂等，也有一些交往。

毕业留校之后，我与七七级的交往就逐渐多了起来。正如建华兄在文章中写到的，我们处在亦师亦友之间。因为我们年龄相仿，后来又同住一栋宿舍楼，成天混在一起，彼此非常熟悉。尽管至今功建、德生、建华、黄健诸兄都喊我“王老师”，但实际上我们是真正的朋友加兄弟。我们七五级毕业留校的共有五人，杨剑龙、颜长青在写作教研室，我在古代文学教研室，江宗新在系资料室，秦石峰搞行政。高福生考上了余心乐先生的研究生。杨剑龙、颜长青和我又先后担任了七七、七八、七九级的班主任，当时有这样的传统，留校的青年教师像服兵役一样都要带一届学生，这样既能在组织管理上得到锻炼，也有利于今后的教学工作。我当七九级班主任两年多，等到七七级一毕业，就由曹力铁和王训龙前后接手了。

我一留校马上就上讲坛，七六、七七、七八三个年级的古代文学课的尾巴近代文学都是鄙人滥竽充数的，因为课时不多，估计七七级诸位没留下什么印象。但在上饶二中带实习则留下了难忘的记忆。上饶二中是一所重点中学，师资力量雄厚，对招生制度改革之后的首届大学生非常期待。记得我们为了使教学精益求精，经常讨论教案到深夜。每天放学以后，大家一起到信江去游泳。星期天，李存益戴顶破草帽到江边钓鱼，一次去了大半天才钓到十多条一寸长的小鱼，人却晒成了红虾米。李红与周德生的恋爱关系当时已经人所共知，但两人不在同一所学校，周德生便常来二中与李红相会，星期天还带到他家里去（周德生家在上饶），因实习有明文规定，学生离校要向带队老师请假，我当然乐于为有情人大开方便之门。

七七级毕业之后不久，我也考博离开了江西师大。此后与七七的交往主要集中在两个点上——深圳和浙江。

深圳，江西师大的校友非常之多，仅我带班的中文系七九级学生就有十几人，我到深圳出差与他们有过两次聚会，每次都是满满的一大桌。七七级在深的也不少，仅我接触到的就有功建、德生、李红、印宝诸位。我之所以与在深的这几位交往得多，主要恐怕还是因为同班同学高福生的缘故。我与福生在校读书的时候就是无话不说的至友，后来我留校他读研，几乎天天相

• 在上饶带实习时合影，后排左二为作者

见。再后来，我到北大师从袁行霈先生攻读博士学位，他也到北师大跟随许嘉璐先生做访问学者。再再后来，福生南下深圳，与功建、德生等成了生命攸关的共同体，他们有的从政，有的从商，福生则一直在媒体，都各有建树，如今都过着十分优裕的生活。我每次到深圳，他们都要盛情款待，甚至有一年的春节，我们几家就是在惠州的温泉度假村一起过的，还请上了郑光荣书记和夫人。功建和德生的公子到北京上学，我也参与过意见；他们到北京出差顺便犒赏两位公子，我也少不了作陪。

浙江也是七七级的另一个重要据点，就我所知者有建华、黄健、东莉、力铁、国珍诸位。建华兄与我的交往是最频繁的，他到北京出差或者参加“两会”（建华兄为全国人大代表），都会与我联系，叫上一些共同的朋友一起聚聚。他在北京语言大学指导的博士生毕业答辩，还邀请我担任答辩委员。我到了杭州，也会向他报到，他会通知其他几位同学一起吃饭打牌。他在担任绍兴文理学院校长期间，还邀请我到他们学校的“风则江大讲堂”作了题为《和谐的意蕴——从“和而不同”到“世界大同”》的演讲，同时请剑龙和福生我们几个同班同学一起同游绍兴。黄健和东莉伉俪与我是九江老乡，他们曾在浙大的贵宾餐厅请我吃饭。黄健承担的国家课题还请我担任评审组长。力铁兄在担任杭州师范大学宣传部长的时候，请我到浙江人文大讲堂作了《如何看待国学热》的演讲（杭师大为合作单位之一，讲堂就设在该校的图书馆，另一处讲堂在浙江省图书馆），并同杭师大一位校长一道陪同参观了王国维故居。事后据剑龙兄和陈融兄告知，这个演讲的录像还在上海电视台播放过。国珍也曾邀请我到温州大学演讲，对象是文学院的研究生，谈的是关于传统文化方面的问题，还陪同游历了温州的名胜江心屿和雁荡山。

最后还要提一下北京。七七级在北京的同学有程弢、吴京京等，时有师大的老师、同学来京也一起经常聚聚。程弢与我带班的七九级同学张纯芳喜结连理，毕业后先后分配至北京工作。早在1984年我到长春东北师范大学古籍所进修，途经北京时他们夫妇就热情接待，陪同旅游。后来我在北大读博士期间，遇上八九学潮，六月五日晚我与北大、清华一群研究生匆匆离开北京，当时通讯也不方便，来不及与程弢告别，就从丰台上车绕道合肥赶回南昌家中了。事后得知，那几天程弢和张纯芳两位到处寻找、打听我的消息，为我担惊受怕，令我感动不已。1984年途经北京时，还得到当时在中国艺术研究院读研的周巩平的关照，我睡在他积满沙尘的研究生宿舍楼里，晚上还一起到恭王府附近的后海去游泳。而如今我在中国艺术研究院供职，前不久巩平兄来院里举行他学术成果的鉴定会，会后我们与他当年的同学田青、廖奔等一起痛饮，不胜感慨。

以上与七七级交往的点点滴滴，是我人生旅途中的雪泥鸿爪。岁月留痕，行诸文字，可以共享，亦可流传。其实，在信息化时代，相隔万里却能近在咫尺，未必非得像古人那样依靠翰墨文章传达思想，微信、微博已经成了人们沟通交流的最佳途径。而微信也早已成为我用图像加文字的“日记”新载体了。我的微信名叫“文化老头”，是学生帮我弄的；微信图像是一匹马，因为我属马。今年是马年，岁在甲午，自我出生已经轮回了整整60个春秋，这就意味着我这匹老马即将卸鞍，今后将会有更多的闲暇时间与各位在微信群和朋友圈里见面。

甲午（2014）仲秋于北京

（原载《青春的回响——江西师范学院中文系77级回忆录》，
杭州出版社2014年版）